MW01698944

UN ACUERDO PERMANENTE

MAUREEN CHILD

HARLEQUIN™

Editado por HARLEQUIN IBÉRICA, S.A.
Núñez de Balboa, 56
28001 Madrid

Un acuerdo permanente, n.º 116 - 15.4.15
Título original: The Lone Star Cinderella
Publicada originalmente por Harlequin Enterprises, Ltd.

I.S.B.N.: 978-84-687-6040-7
Depósito legal: M-887-2015
Editor responsable: Luis Pugni
Impresión en CPI (Barcelona)
Fecha impresion para Argentina: 12.10.15
Distribuidor exclusivo para España: LOGISTA
Distribuidor para México: CODIPLYRSA
Distribuidores para Argentina: Interior, DGP, S.A. Alvarado 2118. Cap. Fed./Buenos Aires y Gran Buenos Aires, VACCARO HNOS.

Capítulo Uno

Dave Firestone era un hombre con un objetivo.

El futuro de su rancho estaba en juego y no iba a permitir que los rumores o un escándalo arruinasen lo que tantos años había tardado en construir. Habían pasado varios meses desde la desaparición de Alex Santiago y Dave seguía teniendo la sensación de que una nube de sospecha se cernía sobre su cabeza. Había llegado el momento de averiguar qué pensaba del tema el sheriff.

Bajó de su todoterreno, se cerró el cuello de la chaqueta de cuero y entrecerró los ojos al notar que lo golpeaba el viento. Estaba haciendo un mes de octubre frío en el este de Texas, lo que significaba que el invierno sería todavía más frío. Eso no lo podía cambiar, pero Dave había ido hasta la frontera de su rancho para intentar enderezar, al menos, una parte de su vida.

Un hombre alto, vestido con una chaqueta de cuero negro desgastada y un sombrero marrón de ala ancha estaba arreglando la alambrada que separaba su rancho, el Royal Round Up, del rancho del vecino, el Battlelands. Detrás del hombre de negro había otro hombre, Bill Hardesty, que trabajaba para el rancho vecino y estaba descargando malla de alambre de una vieja camioneta. Dave saludó a Bill y después se acercó a Nathan Battle.

Este levantó la vista al verlo llegar.

–Eh, Dave, ¿cómo estás?

–Bien –respondió él, que jamás admitía que tenía un problema si no lo podía solucionar–. He estado en tu casa y Jake me ha dicho que podría encontrarte aquí. No pensé que encontraría al sheriff reparando la alambrada.

Nathan se encogió de hombros y miró a su alrededor antes de volver a mirar a Da–ve.

–Me gusta este tipo de trabajo. Aquí tengo tiempo para pensar y aclararme las ideas. Mi hermano hace la mayor parte del trabajo duro, pero el rancho también es mío y me gusta colaborar, ¿sabes?

Luego sonrió.

–Además, Amanda está haciendo muchos cambios para preparar la llegada del bebé, así que siempre hay alguien de la empresa de Sam Gordon trabajando en casa, y yo prefiero estar aquí... tranquilo.

Bill se echó a reír.

–Disfruta mientras puedas, jefe. En cuanto nazca el bebé, olvídate de la tranquilidad.

Nathan rio también.

–Tú dedícate solo a descargar el alambre, ¿entendido?

Dave no entró en el juego. Habría preferido que Nathan estuviese solo, pero iba a hablar con él de todas maneras.

En los últimos meses, las cosas habían cambiado mucho en Royal. Nathan y Amanda se habían casado y estaban esperando un bebé. Sam y Lila iban a tener gemelas. Y él tenía un motivo por el que necesitaba hablar con Nathan en su día libre.

La desaparición de Alex Santiago.

No podía decir que hubiese sido amigo de Alex, pero tampoco le había deseado nunca ningún mal. Su desaparición era tan extraña que todo el mundo en el pueblo hablaba del tema, y muchas personas comentaban que Alex y él habían sido rivales en los negocios, y que tal vez él podía tener algo que ver con el asunto.

A él nunca le había importado lo que dijese la gente. Llevaba su vida y su negocio como le parecía mejor, independientemente de lo que pensasen los demás, pero las cosas habían cambiado. Y, por mucho que le molestase, tenía que admitir que los rumores y la amenaza de un escándalo lo habían llevado allí, a hablar con el sheriff.

–Te comprendo –le dijo a Nathan–. Tengo el mejor capataz del mundo, pero a mí también me gusta trabajar. Siempre lo he hecho.

Se quitó el sombrero y se pasó los dedos por el pelo.

–Y siento estropearte el momento de paz y tranquilidad...

–¿Pero? –le preguntó Nathan.

Dave miró un instante a Bill, que ni siquiera se estaba molestando en hacer como si no estuviese escuchando la conversación.

–Pero necesito saber si tienes alguna novedad con respecto a la desaparición de Alex.

Nathan frunció el ceño.

–No, nada nuevo –admitió–. Es como si se lo hubiese tragado la tierra. No tengo ni la menor idea de lo que le ha ocurrido y la verdad es que el asunto me está volviendo loco.

–Me lo puedo imaginar –comentó Dave–. A mí me está pasando igual.

Nathan asintió muy serio.

–Sí, he oído los rumores.

–Estupendo.

Justo lo que Dave quería, que los rumores llegasen a oídos del sheriff del pueblo.

–Relájate –le dijo Nathan–. Sé cómo son las habladurías en este pueblo, Dave. Casi pierdo a Amanda por su culpa.

Se quedó pensativo unos segundos y después sacudió la cabeza.

–Si te sirve de ayuda, no se te considera oficialmente sospechoso.

Dave ya lo había imaginado y, a pesar de que aquello no solucionaba su problema, saber que Nathan creía en su inocencia le quitó una preocupación. Con respecto al resto de sus vecinos, era consciente de que él había sido una de las últimas personas en ver a Alex antes de que desapareciese, y que al menos una docena de personas los había visto discutir en la calle principal del pueblo.

Además, casi todo el mundo sabía que Alex le había arrebatado una inversión que Dave quería hacer. Y era cierto que eso lo había puesto furioso, pero jamás había deseado que le pasase nada malo.

–Me alegra oírlo –dijo por fin–. De hecho, eso es lo que quería preguntarte. Me siento mejor sabiendo que no soy sospechoso, pero eso no va a cambiar el modo en que me mira la gente del pueblo.

Llevaba tres años en Royal y había pensado que, a esas alturas, todo el mundo lo conocía, pero, al parecer, bastaba con que se estuviese rumoreando algo malo de él para que todo el mundo lo mirase con cautela.

–No podemos evitar que la gente hable. Aunque tengo que admitir que yo lo he intentado. Y, en un pueblo del tamaño de Royal, tienen poco más que hacer para pasar el tiempo. No obstante, eso no significa nada.

–Tal vez para ti no, pero yo estoy intentando firmar un contrato con TexCat y...

Nathan se echó a reír y lo interrumpió.

–No me digas más. Todo el estado conoce Texas Cattle y cómo lleva la empresa Thomas Buckley. El viejo es muy estricto... Supongo que eso es lo que te preocupa.

–Sí, si los rumores llegan a Buckley, jamás podré firmar un contrato con él para venderle carne.

Y Dave no podía permitir que eso ocurriese.

TexCat era el principal comprador de carne de vacuno del país, pero era una empresa familiar al frente de la cual había un hombre muy conservador, que no quería que su nombre se viese manchado por ningún escándalo.

–Al viejo Buckley le preocupa mucho lo

que piense la gente –comentó Bill desde la camioneta.

–¿Has terminado ya de descargarlo todo? –le preguntó Nathan, fulminándolo con la mirada.

–Casi –respondió él.

–Lo siento –se disculpó Nathan con Dave–. Aquí todo el mundo tiene siempre algo que opinar, pero eso ya lo sabes, ¿verdad?

–Sí –murmuró Dave.

–Con respecto a Buckley –continuó Nathan sonriendo–. No deberías preocuparte solo por los rumores.

Dave frunció el ceño.

–Sí, ya lo sé.

Nathan sonrió todavía más.

–Buckley solo negocia con hombres de familia. Y, que yo sepa, tú sigues soltero. Así que me temo que los rumores son solo uno de tus problemas. ¿Cómo tienes pensado hacerte con una esposa?

Dave suspiró.

–Todavía no lo tengo pensado. Solo hemos empezado a negociar con TexCat, así que aún tengo tiempo.

Se volvió a poner el sombrero y se encogió dentro de la chaqueta.

–Ya se me ocurrirá algo.

Nathan asintió.

–De todos modos, TexCat no es el único comprador de carne del mundo.

–No –dijo Dave–, pero es el mejor.

Quería ese contrato. Y Dave Firestone siempre conseguía lo que se proponía. Punto. Trabajaba y luchaba duro para tener éxito, y no había nada que lo detuviese.

Mia Hughes abrió la puerta de la despensa y miró las estanterías casi vacías casi como si esperase que apareciese comida en ellas por arte de magia, pero, naturalmente, no ocurrió. Así que suspiró, tomó otro paquete de pasta y volvió a la cocina.

–Como tenga que seguir comiendo esto mucho tiempo...

Puso agua en una cacerola y esperó a que hirviese mientras miraba el paquete que tenía en la mano.

–Al menos es pasta con sabor a carne. Tal vez, si cierro los ojos mientras me la como, pueda fingir que es una hamburguesa.

La idea hizo que le rugiese el estómago y se llevó una mano a él para aplacarlo. Estaba en una situación muy complicada, y ya llevaba varias semanas así.

Como ama de llaves de Alex Santiago, tenía acceso a la cuenta destinada a los gastos de la casa, pero había utilizado el dinero para ir pagando las facturas y los cientos de gastos que habían ido surgiendo desde su desaparición, así que no le había quedado dinero para su sueldo ni para comprar comida. Por eso había ido consumiendo lo que había encontrado en el congelador y en la despensa, pero a esas alturas los armarios estaban prácticamente vacíos y en el congelador solo quedaban cubitos de hielo. Y ella no tenía más ingresos, ya que estaba terminando de estudiar. Y tampoco podía buscar otro trabajo. ¿Y si Alex llamaba a casa y ella no estaba?

–Lo bueno es que te estás quedando delgada –se dijo a sí misma–. Lo malo, que estás dispuesta a comerte hasta la pata de la mesa.

Su voz retumbó en la cocina, que estaba impecable, sobre todo, porque llevaba varios meses sin cocinar en ella. Seguía tomándose su trabajo muy en serio y mantenía la mansión impoluta, aunque lo cierto era que no había mucho que limpiar.

El agua empezó a hervir y ella echó la pasta y la removió. Mientras esperaba a que se hiciese la comida, se acercó a los ventanales que daban al patio de piedra y al jardín trasero de la casa.

Desde allí podía ver también los tejados de las casas vecinas, aunque Pine Valley era un barrio muy caro y las casas no estaban pegadas las unas a las otras. Cada mansión era distinta y todas tenían algo de terreno alrededor para asegurar la privacidad de sus dueños.

No obstante, en esos momentos Mia sintió que estaba demasiado sola. Lo había estado desde la desaparición de Alex. Sola con un teléfono que, durante semanas, no había dejado de sonar. Además, cada vez que salía de casa la asaltaba la prensa, aunque era una situación que no podía durar.

El hecho de que un hombre rico hubiese desaparecido era una noticia importante, sobre todo, en un pueblo como Royal.

Mia golpeó la encimera de granito negro con las uñas. Su estómago volvió a protestar y ella pensó que Alex había sido muy bueno con ella. Le había dado un trabajo cuando más lo había necesitado. Le había permitido que siguiese estudiando y, gracias a ello, estaba a punto de conseguir su título en psicopedagogía.

Y no era solo que le debiese eso a Alex, sino que, además, le caía bien. Desde que había empezado a trabajar para él, se habían hecho amigos. Y Mia no tenía muchos amigos. Siguió mirando por la ventana y se fijó en cómo se movían las copas de los árboles con el frío aire de octubre. Se estremeció al pensar en la llegada del invierno y en que Alex siguiese sin volver. Odiaba no saber si se encontraba bien, pero siempre había querido ser positiva y pensar que antes o después volvería a casa.

Tampoco podía evitar preocuparse acerca de lo que ella misma iba a hacer después. Todas las facturas estaban pagadas, pero su matrícula seguía pendiente, y si Alex no volvía pronto...

Se sobresaltó al oír el teléfono, pero no descolgó inmediatamente. Unas semanas antes había empezado a dejar que saltase el contestador para así poder filtrar las llamadas y evitar las preguntas de los periodistas.

Seguía con la esperanza de que llamase Alex y le dijese que estaba bien, que sentía haberla preocupado, y que iba a ingresar más dinero en la cuenta. Era poco realista, pero Mia siempre había sido una persona optimista, difícil de desanimar.

El contestador automático saltó y, después de un pitido, habló una mujer:

–*¿Mia? ¿Estás ahí? Si me estás escuchando, descuelga.*

Ella sonrió y descolgó.

–Hola, Sophie.

–¿Todavía sigues evitando a la prensa?

–Todos los días –respondió ella, apoyándose en la encimera y volviendo a clavar la vista en el jardín–. No me dejan en paz.

–Al menos, el guardia de seguridad no les deja llegar hasta la casa.

–Un par de reporteros lo han conseguido, pero se ocupan de ellos en cuanto llamo a seguridad.

No obstante, Mia odiaba sentirse asediada y tenía que admitir que por las noches tenía miedo de estar sola en una casa tan grande. Royal era un lugar seguro, y aquella era una urbanización cerrada, pero Alex había desaparecido y nadie sabía dónde estaba. No obstante, Mia no quería pensar en aquello.

–Mi propuesta de venir a quedarte conmigo una temporada sigue en pie, ya lo sabes.

Sophie Beldon era una buena amiga. También era la secretaria de Alex y, desde que él había desaparecido, la amistad entre ambas mujeres se había estrechado todavía más. Juntas, habían hecho todo lo posible por encontrar a Alex, aunque sin éxito. En esos momentos tenían un nuevo plan. Por ese motivo, Mia estaba intentando encontrar información acerca de Dave Firestone, rival de Alex en los negocios. Aunque todavía no había empezado a hacerlo, porque no tenía ni idea de por dónde comenzar.

–Muchas gracias, de verdad. Es una oferta muy tentadora –confesó Mia.

Pero no podía irse a casa de su amiga y dejar vacía la de Alex. Además, tampoco quería que Sophie tuviese que pagarle la comida. No le gustaba pedirle nada a nadie. Estaba demasiado acostumbrada a ser independiente y no quería que eso cambiase.

–Pero quiero seguir aquí por si Alex llama o vuelve. Además, no me sentiría bien dejando su casa vacía –añadió.

–Está bien, lo entiendo –le respondió Sophie–, pero, si cambias de idea, ya sabes dónde estoy. ¿Cómo va todo? ¿Puedo ayudarte en algo?

–No, pero gracias.

Sophie sabía que Mia se encontraba en una situación complicada. Un par de semanas antes habían ido a comer juntas y Mia había intentado pagar la comida de ambas, como agradecimiento a su amiga, pero su tarjeta de débito había sido rechazada porque ni siquiera tenía dinero suficiente en la cuenta para pagar una comida.

Odiaba aquello. Odiaba tener que preocuparse por el dinero. Odiaba estar preocupada por Alex. Solo quería recuperar su vida. ¿Acaso era tanto pedir?

–Somos amigas, Mia –le dijo Sophie en

voz baja, cariñosa–. Sé que necesitas dinero. ¿Por qué no dejas que te ayude? Te haré un préstamo y ya me lo devolverás cuando vuelva Alex.

Aquello también era tentador, pero Mia no sabía cuándo iba a poder devolverle el dinero a su amiga, así que no podía aceptar su ofrecimiento.

–Sophie –respondió, suspirando–, de verdad que te lo agradezco, pero llevamos meses buscando a Alex y es como si hubiese desaparecido de la faz de la Tierra. No sabemos cuándo va a volver.

«Si es que vuelve», pensó, pero no lo dijo.

–Estoy bien, de verdad –continuó–. Lo que ocurrió con mi tarjeta fue solo un error del banco.

No pasaba nada por mentir un poco. Mia no quería que su amiga se preocupase por ella y no podía aceptar que le prestase dinero. Mia llevaba arreglándoselas sola desde los dieciocho años y no quería que la empezasen a ayudar a esas alturas. Por mucha hambre que tuviera.

–Eres una testaruda –murmuró Sophie.

Mia sonrió.

–Gracias.

–No es un cumplido –le aseguró su amiga riendo–, pero, bueno, da igual.

–Gracias.

–En cualquier caso, no te he llamado por eso.

Mia se preguntó qué querría contarle su amiga. Sophie se había comprometido recientemente con Zach Lassiter, el socio de Alex. Después de unos comienzos complicados, ambos eran felices juntos, pero en esos momentos Mia se temió que hubiese ocurrido algo.

–¿Va todo bien con Zach?

–Muy bien, gracias. No se trata de nosotros.

–De acuerdo. ¿De qué se trata? –le preguntó Mia, llevándose el teléfono al otro lado de la cocina para levantar la tapa de la cazuela en la que estaba su comida.

–¿Te acuerdas de que hablamos de cómo íbamos a hacer para recabar información acerca de Dave Firestone?

–Sí, pero todavía no tengo nada. No soy precisamente una buena detective.

Había intentado hallar algo por Internet, pero solo había encontrado información que era pública.

–Bueno, pues yo tengo algo –le contó Sophie–. Acabo de hablar por teléfono con Carrie Hardesty.

Mia frunció el ceño e intentó identificar aquel nombre.

–El marido de Carrie, Bill, trabaja en el rancho Battlelands.

–Ajá –murmuró ella, que seguía sin entender nada.

–Bill ha llamado a Carrie para decirle que llegaría pronto a casa porque Nathan y él habían terminado temprano de trabajar a pesar de haber tenido visita.

–De acuerdo…

–Bill le ha dicho a Carrie que Dave Firestone ha ido a hablar con Nathan.

Mia se puso tensa. Dave había sido una de las últimas personas que habían visto a Alex antes de que este desapareciese. Y algunas personas del pueblo se preguntaban si él tenía algo que ver con la desaparición de Alex, aunque a ella no le gustaban las habladurías.

No obstante, Dave Firestone era un hombre rico, resuelto y demasiado guapo como para confiar en él.

–¿Y de qué quería hablar con Nathan?

–Al parecer, quería averiguar si se le consideraba sospechoso de la desaparición de Alex.

Mia tomó aire.

–¿Y?

–Que, según Bill, Nathan le ha asegurado a Dave que no se encuentra entre los sospechosos.

Mia no pudo evitar sentirse decepcionada. No porque quisiese que detuviesen a Dave Firestone, sino porque quería respuestas. Cuanto antes.

–No me sorprende –comentó, mordiéndose el labio inferior–. Dave Firestone es un hombre muy importante. Si no tienen pruebas contra él, Nathan no puede considerarlo sospechoso.

–Es cierto –comentó Sophie.

–¿Tú piensas de verdad que Dave tiene algo que ver con la desaparición de Alex?

–Probablemente, no –admitió su amiga suspirando.

–Yo tampoco lo pienso.

–Pero es lo único que tenemos, Mia. Así que opino que deberíamos ceñirnos a nuestro plan y que deberías averiguar todo lo posible acerca de él. Aunque sea inocente, es posible que sepa algo y que ni siquiera sepa que lo sabe, ¿me entiendes?

Mia se echó a reír.

–Por desgracia, te entiendo.

–Y, según Bill, Nathan ha admitido que no tiene ni idea de lo que le ha ocurrido a Alex.

La noticia entristeció todavía más a Mia a pesar de saber que Nathan Battle llevaba varios meses trabajando en el caso y que no había conseguido averiguar nada. El sheriff y

Alex eran buenos amigos, así que Mia tenía la certeza de que Nathan estaba implicado en la búsqueda tanto personal como profesionalmente.

Y, no obstante, no había conseguido encontrar a Alex.

En el tiempo que Mia había trabajado para Alex Santiago, había averiguado que era un hombre cariñoso, generoso y bueno, pero que también tenía secretos y que no permitía que nadie entrase en el despacho que tenía en la casa. A Mia solo le había permitido limpiarlo una vez al mes, y con él presente. Además, Sophie sabía que Alex había estado recibiendo ciertas llamadas muy extrañas.

Desde que Alex había desaparecido, Mia había registrado su despacho de arriba abajo, pero no había encontrado nada.

–Aparecerá –dijo–. Seguro que cuando vuelva tiene una explicación razonable para todo esto.

–Lo piensas de verdad, ¿no?

–Por supuesto.

–Vaya –dijo Sophie de repente–. Zach acaba de llegar. Vamos a ir a comer a la cafetería. Luego te llamo, ¿de acuerdo?

Mia se despidió de su amiga y deseó poder ir a comer a la cafetería ella también.

Habría dado cualquier cosa por una hamburguesa con patatas fritas y un batido. Suspirando, sirvió la pasta en un cuenco, tomó un tenedor e intentó tragarse la decepción junto con la pasta.

En ese momento llamaron a la puerta. Mia dejó el cuenco en la encimera y fue a abrirla preguntándose si sería otro reportero.

Se sorprendió al ver a través de los paneles de cristal a Dave Firestone, pero le abrió la puerta sin pensarlo.

Capítulo Dos

–¿Qué estás haciendo aquí?

Dave miró de arriba abajo a la mujer que tenía delante y que lo estaba fulminando con la mirada. Llevaba el largo pelo moreno recogido del rostro en un moño desordenado, como de costumbre. Iba vestida con unos pantalones vaqueros azules y una camiseta de manga larga azul marino. Estaba descalza y, para sorpresa de Dave, llevaba las uñas de los pies pintadas de rojo. Nunca había pensado que Mia Hughes fuese de las que se pintaban las uñas de rojo. Era una mujer más bien de tonos pastel, a la que parecía gustarle pasar desapercibida. O eso había pensado él.

Algo en su interior se removió, le gustase o no. Levantó la mirada hasta la de ella y su fuerza lo golpeó. No llevaba los grandes ojos azules maquillados, pero, aun así, lo cautivaron.

Y él no quería que lo cautivasen.

–Creo que deberíamos hablar. Acerca de Alex.

–¿Cómo has conseguido llegar hasta aquí? El guardia de la puerta debería haberme llamado.

–Le pedí que no lo hiciese –admitió Dave, encogiéndose de hombros–. Me conoce, así que no ha sido un problema.

–Pues debería. No tenía que haberte dejado pasar sin avisarme.

Mia se cruzó de brazos.

Dave frunció el ceño. No estaba acostumbrado a que no lo dejasen entrar en una casa, pero Mia Hughes estaba guardando la puerta de Alex Santiago como si de un pit bull se tratase.

–Sería mejor que hablásemos dentro.

–Primero, dime a qué has venido –insistió ella, inclinando la cabeza y golpeando el suelo con un pie de manera impaciente.

–No soy tu enemigo.

Dave se acercó un poco más y se dio cuenta de que Mia no retrocedía.

Había ido allí para comparar con ella la información que ambos tenían acerca de la desaparición de Alex, pero no iba a mantener aquella conversación en el porche.

–No –le contestó Mia–. No eres mi enemigo. Y, de todos modos, iba a llamarte por teléfono...

–¿De verdad? –le preguntó él sorprendido, dándose cuenta de que Mia lo miraba con cierto interés–. ¿Y eso?

–Para hablarte de Alex, por supuesto –contestó Mia.

–En ese caso, es una suerte que haya decidido venir, ¿no? Porque yo quiero que hablemos de lo mismo. Me gustaría saber si sabes algo acerca de Alex que no le hayas contado a Nathan Battle.

–Por supuesto que no –respondió ella, sintiéndose claramente insultada–. ¿No pensarás que no he ayudado a la policía? He hecho todo lo que he podido para ayudar a Alex.

–No quería decir eso –la interrumpió Dave.

Normalmente, Mia era una mujer callada, pero, al parecer, cuando estaba en su elemento no era tan tímida como parecía.

–Eso espero –replicó con los ojos brillantes.

–Mira, no hace falta que te pongas a la defensiva. Alex y yo no éramos precisamente amigos…

Ella se echó a reír.

Dave frunció el ceño y continuó:

–Pero eso no significa que yo le desee ningún mal. De hecho, en estos momentos estoy más interesado en que aparezca que nadie en todo el pueblo.

Pasaron un par de segundos en silencio, entonces Mia suspiró y se relajó un poco.

–Eso lo puedo comprender.

–Gracias –murmuró él–. Entonces, ¿puedo entrar para que hablemos?

–Supongo…

Se interrumpió de repente y miró por encima del hombro de Dave antes de gritar:

–¡No!

Dave se giró y vio a un hombre joven apuntándolos con una cámara de fotos digital.

–¡Eh! –lo llamó Dave, echando a andar hacia él.

–¡Estupendas fotografías! Soy Chester Devon, tengo un blog de noticias. ¿Quiere hacer algún comentario?

–El único comentario que quiero hacer no se podría publicar –replicó Dave–. Y tampoco quiero que publiques ninguna fotografía.

–Estamos en un país libre, amigo –le respondió el otro hombre sonriendo–. Y creo que a mis lectores les interesará saber que el ama de llaves de Alex Santiago y uno de los sospechosos de su desaparición se llevan tan bien…

«Sus lectores», pensó Dave. Debían de ser unos diez. No obstante, si aquel tipo publicaba las fotografías en su blog, podían terminar llegando a mucha más gente y provocar el escándalo que él estaba intentando evitar.

–Voy a llamar a seguridad –dijo Mia.

Dave pensó que aquello era justo lo que necesitaba, un fotógrafo y, además, los guardias de seguridad. Carne fresca para los tiburones del pueblo.

–Te doy mil dólares por esa cámara –le dijo al chico.

–¿En serio? –preguntó él riendo–. De eso nada.

Estupendo. Un reportero con valores morales. O tal vez no.

–Cinco mil.

Chester dudó.

Dave lo vio en su mirada. Estaba pensando que con cinco mil dólares podía comprarse una cámara mejor, y tal vez conseguir trabajo en un periódico de verdad.

–No sé –dijo el chaval, tocándose la barbilla–. Con esta fotografía, quizás consiguiese trabajo en un periódico de Houston.

–¿Es que no sabes que los periódicos son como los dinosaurios?

–Eso es verdad…

–Te doy diez mil dólares y me das también la grabadora –lo tentó Dave, que sabía que todo el mundo tenía un precio.

–¿En serio? –preguntó Chester con los ojos brillantes–. Trato hecho.

El chico siguió a Dave hasta su coche, donde este sacó el talonario de la guantera y le extendió un cheque. Lo firmó y se lo entregó.

–Dame eso –le pidió.

Chester le dio la cámara y la grabadora. Miró el cheque y sonrió de oreja a oreja.

–Con este dinero podré marcharme de Royal e ir a Houston.

–Me alegro.

Cuanto más lejos se fuese, mejor.

–Ahora, será mejor que te marches antes de que llegue el guardia de seguridad y empiece a hacerte preguntas incómodas.

–Adiós.

Un segundo después, Chester estaba corriendo y había desaparecido a lo lejos. Dave pensó que tal vez había entrado en la urbanización escalando una valla. Le gustaba la gente con determinación, pero todavía le gustaba más haberse podido deshacer del chico.

Diez mil dólares no era nada. Había estado dispuesto a pagar hasta el doble para mantener a Chester callado. Aunque entonces se dio cuenta de que el hecho de que le hubiese quitado las fotografías no significaba que fuese a mantener la boca cerrada.

Así que había llegado el momento de hacer algo. Barajó varias posibilidades y, de repente, se le ocurrió un plan que podía ser factible. Si le salía bien, podía ser la solución a todos sus problemas. Miró hacia la casa, Mia seguía en la puerta abierta.

Un coche de seguridad de Pine Valley se detuvo delante de la casa y un guardia uniformado salió de él. Antes de que le diese tiempo a hablar, Dave señaló a lo lejos y dijo:

–Ha ido hacia el barranco.

El guardia volvió a subirse al coche y fue a buscar al chaval, que Dave estaba seguro de que le daría esquinazo. Al fin y al cabo, había conseguido entrar en la urbanización sin que lo viesen.

–¿Qué ocurre? –preguntó Mia, saliendo al porche–. ¿Cómo has conseguido que se marche?

–Le he hecho una oferta –le contó Dave, acercándose.

–¿Lo has comprado?

–Sí –admitió él, subiendo los escalones–. Le he comprado la cámara y la grabadora.

Ella lo miró con desdén.

–Para ti es muy fácil, ¿verdad? Comprar a la gente si te hace falta.

–No lo he comprado a él –la corrigió Dave sonriendo–. He comprado sus cosas.

–Y su silencio –añadió Mia.

–En teoría, pero no hay nada que le impida ir contando lo que ha visto, aunque no tenga pruebas.

Ella se rodeó el cuerpo con los brazos.

–En ese caso, comprarlo no ha servido de nada.

–He ganado tiempo –le dijo él.

–¿Tiempo para qué?

–De eso tenemos que hablar.

Cuantas más vueltas le daba a su idea, más le gustaba.

Cuando Alex había desaparecido, Dave había contratado a un detective privado. Había visto la pintada en la pared y había sabido que, antes o después, se empezaría a sospechar de él. Así que había decidido prepararse. El detective no había conseguido mucha información acerca de Alex, pero Dave sabía lo suficiente de Mia como para estar convencido de que podía sacar adelante su plan.

–Pero antes, dime, ¿piensas que yo debería ser uno de los sospechosos?

Ella lo miró en silencio. Dave supo que estaba reflexionando antes de darle una respuesta y eso lo molestó.

–¿Y bien?

Mia apoyó un hombro en el marco de la puerta.

–Probablemente, no.

–Una respuesta rotunda –comentó él, haciendo una mueca.

–No te conozco lo suficiente.

–De acuerdo. Ese es otro tema del que deberíamos hablar.

Dave miró hacia el jardín vacío y más allá en busca de otro reportero. Con los años, había aprendido que eran como las hormigas en un picnic. Primero veías una, luego dos, y después se había terminado el picnic.

–¿Puedo entrar?

–Está bien.

Mia retrocedió y le permitió entrar en la casa. Dave aspiró su fresco perfume a flores, que le recordó al verano.

Una vez dentro, Dave fue directo al salón. Ya había estado allí antes, con Alex. Era una casa agradable. Lujosa, pero amueblada con buen gusto. Las paredes estaban pintadas en tonos crema, los sofás y los sillones eran de cuero oscuro y las mesas de madera pesada y también oscura. Las ventanas daban al jardín y estaban tintadas, de manera que se veía de dentro a fuera, pero no al contrario.

–¿De qué va todo esto? –le preguntó Mia.

Dave se giró a mirarla.

–Iré directo al grano. La desaparición de Alex está siendo muy dura para los dos.

–¿De verdad? ¿Cómo es que tú también estás sufriendo?

–Por los rumores –admitió Dave, dejando su sombrero en el sofá más cercano y metiéndose las manos en los bolsillos de los pantalones vaqueros–. Podrían arruinarme un negocio en el que llevo mucho tiempo trabajando.

–¿Un negocio? –inquirió Mia sorprendida–. ¿Alex está desaparecido y tú te preocupas por un negocio?

–La vida continúa –respondió él en tono frío–. Yo no he tenido nada que ver con la desaparición de Alex y pienso que tú tampoco.

–Vaya, gracias –dijo ella riendo–. No sabía que fuese sospechosa.

–¿Y por qué no? Eres su ama de llaves.

–No puedes estar hablando en serio.

–¿Por qué no?

Mia parecía muy sorprendida y no, Dave no estaba hablando en serio. Nadie podía sospechar de Mia Hughes. Era una mujer tranquila, tímida, o eso había pensado de ella hasta esa mañana, no era en absoluto una mujer fatal. Para empezar, era demasiado asustadiza para formar parte de un complot. Habría confesado enseguida. Y, para continuar, era demasiado sencilla.

A pesar de que llevase las uñas de los pies pintadas de rojo.

Pero lo que Dave quería era desequilibrarla. Porque la necesitaba. De hecho, era casi perfecta. El plan que se le había ocurrido dependía de ella. Si accedía, y lo haría, él tendría una explicación a su presencia allí. Y Thomas Buckley se quedaría mucho más tranquilo. Lo que Dave necesitaba era una esposa. No una esposa de verdad, sino algo temporal. Una esposa que lo ayudase a conseguir el negocio, pero las mujeres con las que él solía salir no convencerían a Thomas Buckley de que eran una pareja hogareña y tranquila.

Mia Hughes, por su parte, era la mujer perfecta.

–Quiero hacerte una proposición.

–¿Y por qué debería escucharla?

–Porque nos beneficia a ambos –le respondió él sin más–. Y tú eres demasiado inteligente para decir que no antes de saber de qué se trata.

Mia apretó los labios.

–¿Me estás adulando?

–Sí.

Ella inspiró y espiró despacio antes de decir:

–De acuerdo, te escucho.

Él se pasó una mano por el rostro y luego señaló uno de los sofás.

–Siéntate.

Todavía alerta, Mia se acercó al sofá y se sentó en el borde, dispuesta a levantarse de un salto en cuanto Dave dijese algo inapropiado, pero él no se iba a equivocar. Nunca había entrado a ciegas en una negociación, y aquella mañana no era diferente. No importaba que el plan se le acabase de ocurrir, era lo suficientemente flexible como para darle la vuelta a la situación a su favor.

Se colocó delante del sofá, mirando a Mia.

–Necesito una esposa.

–¿Qué has dicho? –inquirió ella, dispuesta a levantarse.

–Relájate –le pidió él–. Me refiero a una esposa ficticia, más que una real.

«¿Una esposa ficticia?». Era para echarse a reír. ¿En qué universo paralelo podía ser ella la esposa de nadie, y mucho menos de Dave Firestone? O aquello era una broma muy extraña, o el tipo estaba completamente loco.

–¿Que me relaje?

Mia se puso en pie, incapaz de seguir sentada ni un instante más. Sophie y ella habían querido investigar a Dave, ese era el principal motivo por el que Mia lo había dejado entrar en la casa, pero, si hubiese sabido lo que él iba a decirle, lo habría dejado en el porche y se habría encerrado con llave.

–Deberías marcharte.

Él sacudió la cabeza y se quedó donde estaba. Era tan alto que la miraba desde arriba.

–No hasta que me hayas escuchado.

–Yo pienso que ya he oído bastante –le aseguró Mia.

Intentó pasar por su lado para acompañarlo a la puerta, pero Dave la agarró del brazo para detenerla.

Sintió calor allí donde la había tocado, pero intentó no pensar en ello por mucho que sus hormonas quisiesen concentrarse en la sensación. Aquello no estaba bien. Dave era demasiado alto, demasiado guapo, estaba demasiado seguro de sí mismo.

Él sonrió como si le hubiese leído el pensamiento. Mia se dijo que había querido saber más cosas de él, y que había averiguado que era un hombre impresionante. Y que estaba loco.

Dave la soltó y, muy a su pesar, Mia echó de menos el calor de su mano. Tal vez no estuviese loco.

Entonces, volvió a hablar:

–Estoy negociando con Texas Cattle, la mejor empresa de compra de carne del estado, pero el presidente es muy conservador. Solo trata con hombres de familia. Piensa que son más estables, o algo así. En cualquier caso, lo cierto es que necesito una esposa temporal o, al menos, una prometida. Solo el tiempo suficiente para cerrar el trato, luego romperemos y se habrá acabado.

–Estás loco.

–Soy muy terco –le aseguró él–. Y sé que, sin Alex, tú estás muy mal de dinero.

Mia se puso tensa y levantó la barbilla.

–Como Alex no está, tampoco te está pagando –continuó Dave–, y la cuenta de la que sacas el dinero para pagar los gastos de la casa está casi vacía.

–¿Cómo lo sabes? –susurró ella, sorprendida.

–Del mismo modo que sé que tienes que pagar la matrícula de tus clases de aquí a un mes y que tu tarjeta de débito fue rechazada en la cafetería hace unas semanas.

Completamente avergonzada, Mia notó que le ardían las mejillas. Se preguntó cómo podía saber Dave Firestone todo aquello.

–¿Me has estado espiando?

Él se echó a reír.

–No. Contraté a un detective para que

buscase a Alex y, como tú eres su ama de llaves, te investigó también.

–No tenías ningún derecho –le dijo indignada.

–Lo tuviese o no, está hecho –respondió él tan tranquilo, como si su intimidad no le importase lo más mínimo–. El caso es que tú necesitas dinero y yo, una esposa.

–No puedes estar hablando en serio.

Aquella era, sin duda, la conversación más extraña que Mia había mantenido en toda su vida. ¿Dave quería pagarle para que se casase con él?

–Nunca bromeo con el trabajo.

Mia lo vio tan alto, tan guapo, tan seguro de sí mismo, tan convencido de que iba a convencerla, que decidió darle una sorpresa.

–No me interesa ser tu esposa, ya sea real, temporal o ficticia –le respondió.

–Por supuesto que sí. No quieres que te interese, pero te interesa. Es un acuerdo que nos beneficia a ambos.

Ella odió que tuviese razón. La proposición le interesaba, pero la situación era muy extraña.

Casi no quedaba dinero en la cuenta de Alex y pronto no podría pagar las facturas.

–¿Y no piensas que la gente del pueblo

sospecharía si, de repente, decimos que estamos prometidos?

Dave frunció el ceño.

–Eso no lo había pensado –balbució–, pero no importa. En este pueblo, a todo el mundo le gusta una historia romántica.

Tal vez tuviese razón. Mia no supo qué hacer.

–Piénsalo, Mia –insistió él en tono convincente–. Ambos solucionaríamos nuestros problemas.

–No lo creo –dijo ella, aunque su estómago no estuviese de acuerdo.

–Lo estás pensando.

–Estoy pensando en muchas cosas –replicó Mia–. Como en echarte de aquí, en terminar de comer y en limpiar la cocina. Tengo muchas opciones.

–Entiendo –dijo él sonriendo–. ¿Y ya sabes por cuál te vas a decantar?

–Todavía no lo he decidido –respondió Mia suspirando.

–En ese caso, deja que te lo ponga más fácil.

Se acercó más y Mia se sintió atrapada por la intensidad de su mirada.

–Te pagaré diez mil dólares por fingir que eres mi prometida de aquí a que consiga firmar el contrato con TexCat.

–Diez mil… –repitió Mia sorprendida.

Se sintió aturdida solo de pensarlo. Podría pagar las facturas y cuidar de la casa de Alex hasta que él volviese. Podría pagar su matrícula.

Y comprar carne.

–Y… –añadió Dave.

–¿Hay más?

–Además de los diez mil dólares –continuó él, bajando la voz y adoptando un tono muy seductor–. Liquidaría el crédito que pediste para poder pagarte los estudios. Y podrías empezar de cero. Sin deudas.

Mia se tambaleó de verdad. Era una oferta increíble. Si no tenía que devolver el crédito, podría empezar otra vida mucho más rápidamente. Lo fulminó con la mirada y le dijo:

–Eres malvado, ¿verdad?

–Solo un genio de la negociación –respondió él, sonriendo con malicia.

Y ella pensó que en eso tenía razón.

–¿Todavía quieres ir a limpiar el suelo de la cocina?

Ella frunció el ceño.

–¿Diez mil dólares?

–Eso es.

–¿Y el crédito?

–Eso he dicho.

–¿Y durante cuánto tiempo tendríamos que fingir?

Dave se encogió de hombros.

–En principio, no más de un mes.

Ella asintió e intentó pensar con claridad a pesar de que estaba aturdida.

–Un mes siendo tu prometida.

–Sí.

Lo miró con cautela.

–¿Y qué implica exactamente eso?

Él tardó un segundo en entenderla y se echó a reír.

–No te preocupes, tu virtud seguirá sana y salva. No necesito pagar para tener sexo.

Mia no lo dudó. Estaba segura de que las mujeres caían rendidas a sus pies. Eso hizo que se preguntase por qué no le había pedido el favor a alguna de ellas.

Tal vez ninguna necesitase el dinero tanto como ella. La idea le resultó deprimente.

No obstante, le dijo:

–En ese caso, estamos de acuerdo. No habrá sexo.

–Eso es.

–Ni toqueteos de ningún tipo. Ni nada de besos…

–Espera –la interrumpió él–. Tendremos que convencer a ese tipo de que somos una pareja de verdad. Así que tendremos que tocarnos. Y besarnos. Y tendrás que mirarme con adoración.

Mia se echó a reír.

Él frunció el ceño.

–De acuerdo, de acuerdo –le dijo ella–. Seré una buena prometida y no pasa nada porque tengamos que tocarnos… o darnos un beso en público.

–Entonces, trato hecho.

Dave le tendió la mano y esperó a que ella le diese la suya para añadir:

–Esta noche vendrás a cenar al rancho. Allí discutiremos los detalles.

Mia asintió mientras pensaba que tal vez estaba adentrándose en aguas demasiado profundas.

Capítulo Tres

Dave se cerró el cuello de la chaqueta de cuero marrón y entrecerró los ojos al bajar del todoterreno. Respiró hondo y sonrió. Le bastaba con estar en su rancho para sentirse bien.

Miró a su alrededor, fijándose en la zona de bosque, en el estanque que brillaba bajo los rayos del sol y en las praderas salpicadas de ganado. Y luego miró hacia el cielo, en el que había muchas nubes. Estaba haciendo un mes de octubre frío, lo que significaba que iban a tener un invierno muy duro.

Pero él estaba preparado, le deparase lo que le deparase la Madre Naturaleza. Tenía el rancho que siempre había querido, más dinero del que podía gastar y su futuro pintaba bien. Solo tenía un problemilla que solucionar, y lo solucionaría. ¿Quién le habría dicho que Mia Hughes iba a ser la solución a su problema?

El tiempo le había enseñado que, en ocasiones, las respuestas llegaban cuando uno menos se lo esperaba. Y él era lo suficientemente rápido como para aprovechar las oportunidades cuando se le presentaban.

Había trabajado durante años para poder tener aquel rancho. Había sacrificado y arriesgado mucho, pero lo había conseguido. Y lo había hecho a su manera.

No se iba a dejar vencer en ese momento.

Podía tener éxito sin TexCat y lo sabía, pero eran los mejores y él quería firmar el contrato para demostrar que su rancho también era el mejor. Y no iba a descansar hasta que lo consiguiese.

Se alejó de su todoterreno, se caló el sombrero, se metió las manos en los bolsillos de la chaqueta y se acercó a su capataz, Mike Carter, que tenía casi sesenta años, era alto, delgado, y el mejor capataz de Texas.

–Hola, jefe –lo saludó Mike–. Hemos encontrado los diez becerros que estaban perdidos en el cañón de Dove.

Con tanto terreno, el ganado tendía a desperdigarse, y los animales más jóvenes siempre se separaban del resto e iban a lugares en los que eran presas fáciles para los coyotes y los lobos.

–Es una buena noticia. ¿Están todos?

–Solo falta uno –respondió Mike, quitándose el sombrero–. Lo han matado los lobos.

Dave asintió con el ceño fruncido. Lo único que no podía controlar era la naturaleza. Si los lobos querían matar a un becerro, no podía hacer nada al respecto.

–Bien, pero no quiero perder más. Habrá que alejar al ganado de los cañones.

Mike sonrió.

–Ya lo hemos hecho.

–Bien.

Dave miró a su alrededor, su rancho era tal y como siempre había soñado, solo tenía que conseguir que siguiese así.

–He comprado unas vaquillas esta mañana –le dijo a Mike–. Llegarán el viernes.

–Bien –dijo Mike–. ¿Y cómo va el contrato con TexCat?

–Estoy en ello –respondió Dave con el ceño fruncido–. Debería saber algo pronto. Mientras tanto, empezad a escoger a los animales que habrá que sacrificar.

–De acuerdo.

Mike volvió al trabajo y Dave se dijo que haría lo mismo. El rancho también incluía mucho papeleo, facturas y llamadas. Además, su «prometida» iba a ir a cenar y tenía que avisar a Delores, el ama de llaves.

Condujo hasta la casa principal, pero, en vez de entrar, fue a su lugar favorito del rancho. Bordeó la terraza de baldosas que había a lo largo de la casa, rodeó la enorme piscina y subió las escaleras para ir a la terraza que había en la azotea.

Desde allí, podía ver varios kilómetros de distancia. Recorrió con la mirada los bonitos jardines, el lago lleno de truchas que había justo detrás de la piscina y la casa de invitados que había hecho construir dos años antes.

Era una réplica exacta de la casa que había pertenecido a su familia hasta que él había tenido diez años. Hasta que su padre había perdido el rancho y se había marchado, dejándolos solos a su madre y a él. Dave había hecho construir aquella casa a modo de trofeo, para recuperar el pasado. Y para darle a su madre su propia casa, un lugar en el que pudiese relajarse, pero ella era tan testaruda que se negaba a salir del pequeño apartamento que tenía en Galveston. Así que la casa, completamente amueblada, con tres dormitorios y tres cuartos de baño, estaba vacía.

Hasta que Dave consiguiese convencer a su madre, cosa que haría antes o después. Al fin y al cabo, había convencido a Mia Hughes para que aceptase su proposición.

El viento lo golpeó. Olía a hierba, a agua y a tierra. Su tierra. Dave se sentía como un rey cuando subía allí y veía todo lo que había conseguido.

Apoyó las manos en la barandilla de madera y se echó hacia delante para ver todavía más allá. Los pastos se extendían hasta el horizonte y eran todos suyos. En los últimos años había avanzado mucho, e iba a avanzar todavía más.

Necesitaba firmar el contrato con TexCat porque quería que su carne llegase a los mejores restaurantes y tiendas de todo Texas. Y TexCat le ayudaría a conseguirlo. Sin el contrato, le costaría mucho más lograrlo. Fue hacia la casa, a trabajar antes de encontrarse con su prometida.

Frunció el ceño al darse cuenta de que tal vez tardaría un tiempo en pensar en ella como su prometida.

–Mira que necesitar una esposa para cerrar un trato –murmuró.

Mia no sabía qué ponerse.

¿Cómo debía ir vestida para cenar con su falso prometido que le iba a pagar para que ella fingiese que lo quería y así él poder vender carne? Se echó a reír solo de pensar lo raro que sonaba, incluso para ella.

–Dios mío, voy a permitir que me pague.

Respiró hondo e intentó tranquilizarse, pero no lo consiguió. Suspiró y buscó en el armario sin encontrar nada. Hacía tanto tiempo que no había tenido una cita…

Pero aquello no era una cita. Era…

–Ni siquiera sé qué es –murmuró, tomando un jersey azul oscuro del armario.

No entendía por qué estaba preocupada. ¿Qué más daba su aspecto? No tenía que intentar impresionar a Dave Firestone.

–Exacto –se dijo–. Es solo un trabajo. No me ha invitado a cenar porque le guste.

Mia volvió a echarse a reír. No era la clase de mujer en la que se fijaba Dave. Seguro que le gustaban las mujeres elegantes, con el pelo bonito, ropa estupenda y el cociente intelectual de una patata.

«Patatas», pensó.

–Ojalá haya patatas para cenar –dijo, volviendo a suspirar–. Y carne. Apuesto a que habrá filetes. Al fin y al cabo, es un ranchero, así que seguro que le gusta la carne.

Se le hizo la boca agua y su estómago rugió con tanta fuerza que se le olvidaron los nervios. Sacudiendo la cabeza, dejó el jersey encima de la cama.

Desde que había empezado a trabajar para Alex Santiago, se había instalado en la habitación que había junto a la cocina, en la zona de servicio de la enorme casa. Tenía un salón y un baño a su disposición, todo generosamente amueblado y bastante impersonal, a excepción de un par de cosas que había puesto ella.

Mia se había pasado casi toda la vida viajando, así que no tenía muchos objetos personales. Solo un par de fotografías y un viejo oso de peluche de cuando era niña, y libros. Libros de texto, novelas románticas, de suspense, biografías y ciencia ficción. Le encantaban todos sus libros y odiaba tener que deshacerse de cualquiera de ellos. Recientemente se había dado el capricho de comprar un libro electrónico, pero seguía prefiriendo los de papel.

–Estás mareando la perdiz –se reprendió mientras iba al baño.

Se miró a los ojos a través del espejo y añadió:

–Tú has accedido a esto, así que vas a tener que seguir adelante y hacer lo que tienes que hacer. Es algo temporal. En un mes tendrás el dinero suficiente para pagar las facturas de la casa y no tendrás ningún crédito pendiente.

Solo era un mes. Podía hacerlo. Y, después de aquello, su vida volvería a estar encarrilada.

Mientras se secaba la larga melena morena, pensó que sonaba bien. Tenía que admitir que estaba nerviosa, pero podía hacerlo. Fingir que estaba loca por Dave Firestone no podía ser tan difícil.

Al pensarlo, recordó que había sentido algo... interesante cuando él le había tocado el brazo. Dejó el secador en la encimera del baño y se miró al espejo.

–Es probable que no fuese nada –le aseguró a su reflejo–. Solo la debilidad causada por el hambre. Cualquier otro hombre me habría causado la misma reacción.

La mujer que había al otro lado del espejo la miró con escepticismo y a Mia no le extrañó. Ella tampoco se lo creía.

Sacudió la cabeza, volvió al dormitorio, sacó unos vaqueros limpios del cajón y se los puso encima de las braguitas rosas. Luego se puso una camiseta de seda sin mangas y, encima, el jersey azul. Se calzó unas botas negras y volvió al baño.

Todavía tenía el pelo húmedo, así que, en vez de recogérselo en el habitual moño, se hizo una trenza que le llegaba hasta la mitad de la espalda. No se molestó en maquillarse. ¿Por qué iba a fingir algo que no era? Tal vez debiese aferrarse a alguna forma de realidad.

Con aquello en mente, apagó la luz, tomó su bolso negro de piel y salió a la calle, donde la esperaba un taxi, antes de convencerse de no estar haciendo la mayor locura de toda su vida.

Una hora más tarde, Mia se alegró de no haber cambiado de opinión.

–¿Te ha gustado el filete? –le preguntó Dave desde el otro lado de la mesa.

–Estaba perfecto –respondió ella.

Aunque lo cierto era que había tenido tanta hambre que habría sido capaz de comerse la carne de cualquier manera. No obstante, en esos momentos se sentía muy satisfecha, después de haber tomado un delicioso filete, unas patatas asadas con mantequilla y nata fresca y las mejores judías verdes que había comido nunca.

Suspiró y tomó su taza de café para darle un sorbo.

Dave la estaba observando y ella vio que sonreía de medio lado.

–¿Qué te resulta tan gracioso? –le preguntó.

–Tú –admitió él–. Nunca había visto a una mujer disfrutar tanto de una comida.

Mia se ruborizó un poco, y luego se encogió de hombros. No merecía la pena fingir que no había tenido hambre. Al fin y al cabo, Dave la había investigado, así que debía de saber hasta los paquetes de pasta que le quedaban en la despensa.

–Tal vez deberías abrir un poco tus horizontes y salir con alguna mujer que coma algo más que media hoja de lechuga.

Él sonrió.

–Tal vez tengas razón.

Sus miradas se encontraron bajo la suave luz del comedor, los ojos grises de Dave eran tan profundos y misteriosos como la niebla en una fría noche de invierno. Llevaba puesto un jersey negro, vaqueros negros y sus habituales botas, y a Mia le pareció que estaba peligrosamente guapo.

–Me gusta tu casa –le dijo, cuando su mirada empezó a ponerla nerviosa.

–Gracias –respondió él, mirando a su alrededor.

Ella lo imitó. Al llegar había tenido tanta hambre y había estado tan nerviosa que casi no se había fijado en nada.

Aunque sí se había dado cuenta de que todas las puertas de entrada tenían forma de arco, y que había mucha madera y piedra, algo muy masculino. Incluso el comedor era enorme y masculino. A la mesa podrían haberse sentado veinte personas.

La habitación estaba iluminada por una lámpara de araña de hierro, y en las paredes colgaban paisajes texanos. Su mirada volvió a encontrarse con la de Dave y ella volvió a ponerse nerviosa.

–Ven –le dijo él, levantándose y tendiéndole una mano–. Voy a enseñarte la casa. Si vas a ser mi prometida, tienes que conocerla.

–De acuerdo... –respondió ella, girando la cabeza hacia la puerta cerrada que daba a la cocina.

–¿Qué ocurre?

–¿No hay postre?

Sorprendido, Dave se echó a reír, pero de verdad. No fue una sonrisa irónica ni una mueca, sino una carcajada de verdad, y a Mia le sorprendió ver cómo le cambiaba la cara y se ponía todavía más guapo.

No había contado con aquello. De hecho, hacía tanto tiempo que no se había sentido interesada por un hombre que había empezado a pensar que era inmune a ellos.

Y aquel no era un buen momento para descubrir que no lo era.

–Ven –repitió Dave–. Daremos una vuelta y luego tomaremos el postre en el salón.

–De acuerdo –respondió ella, levantándose y dándole la mano, e intentando ignorar un nuevo cosquilleo.

La casa era muy bonita, pero muy distinta a la de Alex. Aquella era una casa rústica y, como ya había pensado antes, muy masculina.

Dave le enseñó el salón principal, otro salón y su despacho. Y después abrió otra puerta en la que había una enorme pantalla plana, una mesa de billar, varios videojuegos y un bar.

–Tienes PAC-MAN.

–Sí –respondió él, mirándola–. Me sorprende que conozcas ese juego.

–De niña pasaba mucho tiempo en los recreativos –le dijo ella sin más.

No tenía ningún motivo para contarle que mientras su padre se ganaba la vida jugando al póquer, ella se dedicaba a los videojuegos.

Dave la miró con admiración.

–Tendremos que echar una partida.

Pasaron por la entrada y ella miró por las ventanas y vio que era de noche, por supuesto, pero que el exterior estaba bien iluminado. Al llegar se había dado cuenta de que había varios edificios más. Había visto un granero, unos establos y varias casas más pequeñas a lo lejos. El Royal Round Up era un rancho próspero en el que debía de haber muchos empleados.

El lugar era enorme. Dave debía de ser todavía más rico de lo que ella había pensado. Lo que explicaba que se hubiese ofrecido a pagarle el crédito sin inmutarse. Mia no tenía ni idea de cómo se vivía así. Ni siquiera sabía cómo iba a fingirlo. Trabajaba para Alex y él también tenía mucho dinero, sí, pero en su casa era el ama de llaves. No se esperaba que actuase como si aquella fuese su vida. Cuantas más cosas veía, más nerviosa se ponía. ¿Dónde se había metido?

–Este pasillo lleva de vuelta a la cocina –le explicó Dave.

Ella miró hacia donde señalaba y vio más arte colgado de las paredes, más metros de brillantes baldosas. Pensó que jamás se orientaría en aquella casa. Además, ni siquiera tenía la ropa que debía tener la novia de un hombre rico. No encajaba en aquel mundo y lo sabía. Tal vez fuese mejor retroceder lo antes posible.

Una vocecilla interior le dijo que, sin Dave, no podría pagar el crédito ni en toda su vida, pero ella la ignoró y se preparó para decirle a Dave que no podía hacer aquello.

Le daría las gracias y se marcharía de allí antes de que él la convenciese de lo contrario.

En ese momento, Dave se detuvo delante de otra puerta y la abrió.

–Y esta es la biblioteca.

Si continuó hablando, Mia no lo oyó. Solo pudo pensar en todos los libros que había allí. Estanterías del suelo al techo repletas de libros. Tenía una chimenea y unas grandes ventanas que daban al jardín. Había sofás, sillones, mesas y lámparas. Mia entró en la habitación y giró sobre sí misma.

–Por fin he conseguido impresionarte con algo, ¿no?

–¿Eh? ¿Qué?

Mia lo miró y sonrió. Un hombre con una biblioteca así no podía ser un mal tipo. Decidió pensarse mejor su anterior decisión.

–Ah, es increíble. ¿Te pasas aquí todo el tiempo?

Él se encogió de hombros.

–No tanto como me gustaría. Suelo estar más en mi despacho o en el exterior.

Pero era evidente que le encantaba aquella habitación y eso fue suficiente para que Mia se convenciese de que podía manejar la situación. Al menos, tenían en común los libros.

–Si yo tuviese una habitación así, jamás saldría de ella.

–¿Ni siquiera para tomar el postre? –bromeó Dave.

Ella volvió a sonreír.

–Bueno, tal vez sí, pero después volvería.

–Carne, postre, videojuegos y libros –comentó él, mirándola fijamente–. Eres una mujer interesante, Mia.

Ella pensó que debía de querer decir «rara», pero no pasaba nada. Podía vivir con ello.

–Bueno, tú también me has sorprendido –admitió.

–¿Sí? ¿En qué aspecto?

–Jamás pensé que tendrías una habitación así.

Él sonrió con ironía.

–¿Debería sentirme insultado?

–No. Supongo que es solo la impresión que das.

–¿Qué impresión doy?

–De ser un hombre al que solo le importan los negocios.

–No estás del todo equivocada.

–No, después de ver esta habitación sé que hay algo más.

Él frunció un poco el ceño, como si no le gustase que profundizasen demasiado en su mente.

–Tal vez tenga esta biblioteca solo para enseñarla.

–No. En la mesa que está junto a la chimenea hay un libro. Con un marcapáginas en el medio.

Él asintió, pensativo.

–Tienes buena vista.

–Ya no me puedes engañar –le dijo Mia–. Un hombre que aprecie una habitación así tiene que ser más de lo que aparenta.

–No cuentes con ello –le advirtió Dave–. Yo pensaba que eras tímida y callada.

–Me sorprende que hayas pensado en mí.

–En ese caso, ambos nos hemos llevado una sorpresa esta noche –le dijo él, retrocediendo para dejar que Mia volviese a salir al pasillo–. Va a ser un mes interesante.

Ella pasó por su lado y le rozó el pecho con el hombro.

–O un desastre.

Capítulo Cuatro

–Mi dormitorio y las cuatro habitaciones de invitados están arriba –le dijo él–. ¿Continuamos con la visita?

–Me parece que ya he visto suficiente –le aseguró Mia.

Además de sentirse incómoda con todo aquello, había algo más. De repente, tenía calor, y sentía un estremecimiento cada vez que Dave le tocaba la mano, así que casi prefería no ver su dormitorio.

–Como quieras –respondió él, tomando su mano de nuevo–, pero deberías conocer toda la casa y sentirte cómoda aquí para poder convencer a cualquiera de que te sientes como en casa.

–No sé si voy a poder ser tan buena actriz.

–Seas buena actriz o no, estás motivada para hacerlo bien.

–Eso es cierto.

No merecía la pena negar que la única razón por la que estaba allí era que Dave le había hecho una oferta imposible de rechazar.

Cada vez que Mia sentía la tentación de pensar que era encantador, tenía que recordarse que solo estaba haciendo un papel.

–¿Hay un plano de la casa? –le preguntó.

–Te acostumbrarás a ella.

–Lo dudo mucho.

–Pues todavía no has visto el exterior.

–¿Por qué una casa tan grande? –le preguntó Mia–. Para ti solo.

Él dejó de andar y la miró fijamente.

–¿Le hiciste a Alex la misma pregunta?

–Su casa es la mitad que esta –dijo ella riendo.

–Sí, ¿verdad? –comentó Dave con satisfacción.

Ella se preguntó por qué los hombres eran tan competitivos.

–Entonces, no existe un motivo –le dijo.

–Era la mejor casa –respondió él–. Y yo siempre consigo lo mejor.

«Hasta ahora», pensó Mia, preguntándose de nuevo por qué la habría escogido a ella para llevar a cabo su plan.

–Sigo pensando que deberías ver mi habitación.

–Pues yo no lo creo necesario.

–Eres mi querida prometida y tienes que sentirte cómoda en la casa.

–De acuerdo –le respondió ella, a pesar de no sentirse nada cómoda.

Entraron en el salón y Mia miró a su alrededor. Habían encendido la chimenea y varias lámparas de mesa. Dave se sentó en uno de los sillones de cuero y tomó la cafetera que había en la mesa baja que tenía delante.

A Mia se le fueron los ojos al plato de dulces que había junto a la cafetera y se acercó a sentarse cerca de él. Tomó una servilleta y un trozo de *brownie* y le dio un mordisco. El chocolate se fundió en su boca y ella cerró los ojos y suspiró. Cuando volvió a abrirlos, Dave estaba mirándola fijamente y parecía muy tenso.

–¿Ocurre algo?

Dave tomó aire y lo volvió a soltar. De repente, estaba completamente excitado. Cosa que lo sorprendía, porque Mia Hughes no era precisamente su tipo. No iba enseñando escote ni llevaba minifalda. No estaba maquillada ni le sonreía de manera seductora.

Y, no obstante, cuando la había visto morder el maldito *brownie* y gemir de placer, todo su cuerpo se había puesto en tensión.

–No –respondió él.

Sirvió dos tazas de café y luego tomó un sobre que había encima de la mesa.

Sacó de él una hoja de papel, la miró y se la dio a Mia junto con un bolígrafo.

–¿Qué es esto? –le preguntó ella, aceptando el papel, pero sin separar la vista de la suya.

–Nuestro acuerdo, por escrito. Vamos a firmarlo los dos para que después no haya ninguna duda.

–¿Un contrato?

–Es más fácil tenerlo todo por escrito.

Dave no era de los que dejaban nada a la suerte. Con los años, había aprendido que no se podía fiar de casi nadie.

Le dio un sorbo a su café y vio que Mia leía el documento.

Dave sabía lo que ponía en él, que iba a pagarle diez mil dólares para empezar y el crédito que había pedido para costearse los estudios a finales de mes o en cuanto cerrase el trato con TexCat, lo que sucediese antes. A cambio, ella fingiría quererlo y haría todo lo necesario para que su plan funcionase.

Mia leyó el documento e hizo una mueca

un par de veces, Dave se preguntó el motivo.

–¿Alguna pregunta?

–Una –respondió ella, mirándolo–. ¿Cómo voy a explicar a la gente del pueblo que, de repente, estamos prometidos? Quiero decir, que en realidad se trata de evitar rumores y habladurías, ¿no?

Dave ya había pensado en aquello, por supuesto. Siempre pensaba en todo.

–Diremos que ha sido algo inesperado. Un flechazo.

Mia se echó a reír y él frunció el ceño. Aquella no era la reacción que había esperado.

–¿Qué es lo que te parece tan gracioso?

–Tú –respondió ella, sacudiendo la cabeza y dándole otro mordisco al *brownie.*

Luego suspiró y Dave se excitó todavía más y pensó que, como se comiese otro trozo más de *brownie,* iba a explotar.

–Nadie se lo va a creer –le advirtió Mia–. Yo no soy el tipo de mujer por el que se vuelve loco un hombre como tú.

Él la miró fijamente durante un minuto y tuvo que admitir que tenía cierta razón. En el pasado, no se había fijado en sus ojos, que eran azules como el cielo texano en verano, ni en su exuberante labio inferior, ni en el hoyuelo que tenía en la mejilla derecha, ni en su inteligencia. Tal vez, porque nunca se había molestado en fijarse.

En esos momentos lo estaba haciendo, y deseaba poder evitarlo.

–Está bien, tienes razón.

–Muchas gracias.

–Creo que el principal problema es la ropa. Tienes que ir de compras.

Ella volvió a echarse a reír.

–¿Con qué? Si piensas que me voy a gastar los diez mil dólares en ropa que ya no voy a necesitar cuando termine el mes, estás loco.

–Está bien, te daré diez mil dólares para ti y cinco mil más para que vayas de compras.

–¿Cinco...?

–Y también saldaré el crédito. ¿Trato hecho?

–¡Por supuesto que no! No voy a permitir que me compres ropa.

–Forma parte del acuerdo, Mia –le dijo él con firmeza–. Te voy a pagar para que hagas un papel, y te voy a dar lo necesario para que esto parezca real.

Ella negó con la cabeza y Dave sintió que se alejaba de él a pesar de seguir sentada a su lado.

–Hemos hecho un trato. No ha cambiado nada, solo tu armario –insistió él–. Deberías ir a Houston. Allí hay más oferta.

–¿Alguna sugerencia acerca de lo que quieres que me ponga?

Dave se dio cuenta de que lo preguntaba en tono sarcástico, pero hizo caso omiso.

–Lo mejor será que te compres algún traje, y un par de vestidos de cóctel, ya que estás.

Ella suspiró y miró el contrato que tenía en la mano.

–No sé…

–Fírmalo, Mia –la apremió él–. Dentro de un mes el crédito estará saldado y cada uno seguirá su camino. Sabes que quieres hacerlo, así que hazlo de una vez.

Ella se mordió el labio inferior y Dave notó que su cuerpo volvía a reaccionar. Había pensado que el mes se le pasaría volando, pero estaba empezando a preguntarse si no iba a ser un martirio.

O tal vez no.

Le había dicho a Mia que el sexo no entraba en el trato, y así era, pero eso podía cambiar. Iban a pasar mucho tiempo juntos, así que tendría muchas oportunidades para seducirla y llevársela a la cama.

Se maldijo porque la idea hizo que se excitase todavía más. Aquello era muy raro, tal vez se debiese a que Mia Hughes no quería tener nada con él.

No había nada más fascinante que un reto.

–Odio hacer esto –murmuró ella antes de firmar.

Ambos se habían comprometido y ya no había marcha atrás.

Mia no tenía ni idea de adónde ir a comprar la ropa que necesitaba.

No formaba parte del mundo de Dave Firestone. ¿Cómo iba a engañar a nadie? No solo no tenía ropa, sino que tampoco tenía la actitud. Necesitaba ayuda y, por suerte, sabía adónde tenía que acudir.

Por eso estaba allí, en la cafetería de Royal.

En junio, Amanda, que recientemente se había casado con el sheriff, había vuelto al pueblo y había empezado a regentar la cafetería con su hermana, Pam. No había sido fácil para ellas superar su pasado y pensar en el futuro, pero lo habían conseguido. Amanda se había casado con Nathan y estaba embarazada y volviendo loco a todo el mundo con sus compras.

Mia sonrió solo de pensar en su amiga.

Amanda y ella habían conectado muy bien nada más conocerse y durante los últimos meses se habían hecho amigas.

Se sentó junto a los ventanales que daban a la calle principal, pero en vez de ver pasar a la gente, miró a su alrededor. Amanda había reformado la cafetería cuando había vuelto a casa, pero el ambiente seguía siendo el mismo de siempre.

Como era por la mañana, había pocos clientes, tomando café o charlando en pequeños grupos. El ruido de los cubiertos en los platos creaba una música que le calmó los nervios que se habían instalado en su estómago de manera permanente.

Pensó que era todo culpa de Dave. Había sabido cómo engatusarla. Y allí estaba ella, sin dejar de preocuparse, pero ya era demasiado tarde para dar marcha atrás. Se había comprometido y acababa de ingresar en el banco el cheque de quince mil dólares que Dave le había dado.

El trato estaba cerrado. Podría pagar las facturas, comprar comida y subsistir hasta que Alex volviese.

Porque volvería. Además, como ella iba a pasar mucho tiempo con Dave, tal vez pudiese averiguar algo relacionado con su desaparición.

Sería solo un mes, o quizás menos, si Dave conseguía antes el contrato que tanto deseaba. Entonces podría empezar de cero. Y eso era bueno. Lo malo era el calor que sentía cuando tenía a Dave cerca. Volvió a ponerse nerviosa y tuvo que hacer un esfuerzo por tranquilizarse.

Tenía que encontrar la manera de controlar sus hormonas y recordar que nada de lo que estaba ocurriendo entre Dave y ella era real.

Vio a Amanda, que le estaba sonriendo, y la saludó. Pam estaba al frente de la caja y el cocinero, en la cocina.

Pensó que se sentía bien en Royal y que quería seguir así, y para ello estaba dispuesta a cualquier cosa, incluso a hacer un trato con un hombre peligrosamente atractivo.

–Te he traído tu té con hielo –le dijo Amanda, dejándole un vaso delante.

–Gracias.

Era lo que tomaba siempre y a Mia le gustaba que la conociesen tan bien.

–Me alegro mucho de que hayas venido esta mañana –añadió Amanda–. Quiero enseñarte un par de fotografías.

–¿Más ideas para la habitación del bebé? –le preguntó ella.

Amanda se echó a reír y se tocó el vientre.

Mia la vio y no pudo evitar sentir envidia. Amanda tenía un marido que la quería. Ella, por su parte, iba a fingir que estaba enamorada por dinero.

–Ya sé que no hablo de otra cosa, creo que Nathan está empezando a tenerme miedo.

–Nathan está loco por ti.

–Sí –admitió Amanda sonriendo–. Es verdad. Por eso ni se ha inmutado cuando ha visto que han echado abajo la pared de la habitación del bebé para hacer una puerta que la conecte con la nuestra.

Amanda y Nathan vivían en el rancho Battlelands, en una casa de estilo victoriano que Nathan había hecho construir y que tenía todas las comodidades.

–A mí me parece que tiene sentido.

–Por supuesto. Además, le he pedido a Sam que nos haga un balcón en nuestra habitación.

Aquel era otro motivo por el que Mia había ido a ver a Amanda aquella mañana. Sus vidas eran muy diferentes. Además de tener una familia, Amanda pertenecía a la clase social a la que ella iba a tener que fingir haber entrado. La familia Battle era tan rica como Dave Firestone y Amanda había encontrado la manera de encajar en ella con éxito.

Con un poco de suerte, podría ayudarla a ella a que lo hiciese también.

Le dio un sorbo a su té y le dijo:

–Me encantaría ver esas fotografías. Y tengo que pedirte un favor.

De repente, Amanda dejó de sonreír y le tocó el brazo.

–¿Un favor? ¿Está todo bien?

–Todo bien, ¿por qué?

–Porque tú nunca pides nada –comentó Amanda.

Ella sonrió.

–Te aseguro que, si necesitase algo de verdad, te lo pediría –le dijo ella.

–De acuerdo.

Amanda le hizo un gesto a su hermana para indicarle que se iba a tomar un descanso.

–Empieza tú, luego te enseñaré las fotografías. Pídeme lo que quieras.

–¿No me vas a preguntar qué está pasando?

Amanda se encogió de hombros.

–Somos amigas.

Mia se sintió feliz al oír aquello. Tener una amiga era tener un tesoro.

–Gracias, no sabes cuánto te lo agradezco.

–Sí que lo sé, cielo. Ahora, dime, ¿qué ocurre?

Ella no supo por dónde empezar, pero se puso a hablar y empezó por el principio.

Y, cuando terminó, le dio un sorbo a su té y esperó a que Amanda le dijese que estaba loca.

En vez de eso, su amiga sonrió.

–Es estupendo.

–¿De verdad lo piensas?

–Sé que odias admitirlo, Mia, pero también sé que necesitas el dinero –murmuró Amanda para que nadie la oyese.

Al instante, Mia se ruborizó. Aunque Amanda tenía razón. Necesitaba el dinero. Y odiaba tener que admitirlo.

–Todo irá mejor cuando vuelva Alex... –añadió su amiga–, pero, por el momento, ese acuerdo me parece perfecto. Los dos necesitáis algo. Y, por si fuese poco, vas a poder ir de compras.

Mia todavía se estaba riendo cuando Abby Price entró en la cafetería y se acercó a ellas.

–¿De qué os reís?

–De nada –respondió Amanda, guiñándole un ojo a Mia–. ¿Cómo estás?

Abigail Price era más alta que Mia, pelirroja y muy elegante. Además, sonreía con facilidad, tenía un marido que la quería y con el que había adoptado una niña preciosa, Julia.

–Bien –respondió Abby–. La guardería del Club de Ganaderos de Texas está casi terminada y podrá abrir muy pronto.

La guardería había estado en el centro de la controversia durante meses. En el Club de Ganaderos de Texas no gustaban los cambios y hacía solo un par de años que las mujeres habían sido admitidas como socias. Y esas mismas mujeres habían querido que hubiese un lugar seguro y cómodo en el que dejar a sus hijos cuando lo necesitasen.

La mayoría de las personas de Royal estaban a favor de la guardería, pero había algunas que todavía se negaban a aceptarla, como Beau Hacket y otros hombres mayores, y los hermanos Gordon.

Pero, por suerte, el grupo de hombres conservadores no había sido capaz de detener el progreso y la guardería estaba a punto de abrir.

–Ya, no se habla de otra cosa en el pueblo –comentó Amanda.

–Estaba pensando que podríamos hacer una fiesta de inauguración, para que todo el mundo pueda venir a ver lo que hemos hecho –les contó Abby.

–Me parece una idea estupenda –dijo Mia.

–¡Gracias! –respondió Abby sonriendo a Mia antes de volver a mirar a Amanda–, pero vamos a necesitar comida, y había pensado que, como Pam y tú tenéis un servicio de catering, podríais preparar unos sándwiches, ensalada de patata, unas bandejas con verduras…

–Por supuesto. ¿Quieres decidir ahora lo que vas a encargar?

–No. Tengo que hacer miles de cosas –repuso Abby, mirándose el reloj–, pero podría volver mañana.

–Perfecto. Pam y yo estaremos aquí todo el día, así que ven cuando te parezca mejor.

Abby le dio un abrazo rápido a Amanda.

–Gracias. Ahora, me tengo que marchar. ¡Hasta pronto, Mia! –dijo, y se marchó.

–Bueno –declaró Amanda entonces, retomando la conversación–. Estábamos hablando de que tienes que ir de compras.

Mia se echó a reír y dio otro sorbo a su té.

–Me alegra que te resulte divertido. Yo no tengo ni idea de adónde ir ni de qué comprar.

Amanda aplaudió.

–No te preocupes, yo sí que lo sé.

–Dave me ha sugerido que vaya a Houston.

–Por supuesto, pero los hombres no tienen ni idea. No hace falta que nos vayamos a la ciudad. Podemos encontrar lo que necesitas en la tienda de Monica.

–¿Monica?

–Monica Burns –dijo Amanda riendo–. Tiene una tienda a las afueras del pueblo. En ella hay muchas cosas estupendas, que no se encuentran ni en los centros comerciales. Es ropa diferente, muy bonita.

–¿Y cómo es que nunca había oído hablar de ella?

Amanda ladeó la cabeza.

–No sueles ir mucho de compras, ¿verdad?

–No, tienes razón –admitió Mia riendo.

–Aunque te tengo que advertir que es cara.

Eso era precisamente lo que Mia necesitaba y, gracias a Dave, se lo podía permitir.

–¡Ah! –añadió Amanda, bajando la voz–. ¿Sabes qué más deberíamos hacer?

–Casi me da miedo preguntártelo. Te veo demasiado entusiasmada.

–Porque es muy buena idea –le aseguró Amanda–. Deberíamos ir al spa.

–¿Al spa? –preguntó Mia con cautela.

–No pongas esa cara de miedo, no te he sugerido ir a una cámara de torturas.

–Me parece casi lo mismo –admitió ella.

Su amiga se sentó y la miró fijamente.

–Has sido tú la que me has dicho que tienes que hacerte pasar por la prometida de Dave.

–Sí…

–En ese caso, cariño, va a hacer falta algo más que ropa nueva.

Mia se echó a reír, no pudo evitarlo.

–Muchas gracias.

–Oh, no quería que sonase así, aunque… mira, por ejemplo, tu pelo…

Ella se llevó una mano al moño. Tenía el pelo limpio y bonito.

–¿Qué le pasa a mi pelo?

–Nada que un buen corte y unas mechas no puedan arreglar. Y olvídate de recogértelo.

Mia frunció el ceño, pensativa. Se hacía el moño porque le resultaba cómodo. Y, además, porque estaba acostumbrada a ser invisible. Nadie se fijaba en una mujer que hacía todo lo posible por evitar que se fijasen en ella.

Pero llevaba varios años intentando construir una nueva vida. Por eso se había puesto a estudiar. Y por el mismo motivo no tenía sentido aferrarse al pasado y continuar escondiéndose cuando lo que quería en realidad era tener la vida con la que siempre había soñado.

Respiró hondo y preguntó:

–¿Cuánto piensas que tendré que cortarme el pelo?

Amanda sonrió.

–Tú confía en mí.

Capítulo Cinco

Esa tarde, los trabajadores del Royal Round Up estaban llevándose el ganado a los pastos de invierno y Dave se alegró de poder acompañarlos a caballo. Podía haberse quedado en casa y haberse limitado a dar órdenes, pero llevaba el trabajo de ranchero en la sangre y se sentía feliz montando a caballo y trabajando.

Se caló mejor el sombrero y siguió con su caballo a un novillo que se había separado de la manada. Hizo que volviese con los demás animales y después repasó mentalmente la lista de tareas que tenía pendientes.

El rancho siempre implicaba algunas maniobras estratégicas y en aquellos momentos la principal preocupación de Dave era la tierra. Había llovido poco y había pocos pastos, por lo que tenía que reducir las cabezas de ganado, por eso necesitaba cerrar la venta.

–Tenemos que conseguir ese contrato con TexCat, Mike –le dijo a su capataz–. No hay hierba suficiente para tanto ganado.

–¿Has tenido noticias de Buckley?

–Hace varios días que no –admitió él, molesto.

–¿Y cuándo vas a volver a reunirte con él?

Dave frunció el ceño.

–La semana que viene, supongo. Quiero darle tiempo para que estudie bien la operación.

–No es fácil tratar con él, pero es un tipo justo –comentó Mike–. No tardará en darse cuenta de que tienes la mejor carne de Texas.

Dave sabía que tenía la mejor carne de la zona, todo el mundo lo sabía y, además, ya tenía una prometida con la que convencer a Buckley de que era un hombre serio, del que se podía fiar. Todo estaba funcionando como debía.

No obstante, él estaba nervioso y no sabía por qué.

Era por Mia.

No podía dejar de pensar en ella. Desde que habían estado juntos la noche anterior, no había conseguido quitársela de la cabeza. Y sabía por qué. No estaba acostumbrado a que lo sorprendiesen. Cuando daba un paso, tanto en los negocios como en su vida privada, lo hacía sabiendo exactamente lo que iba a ocurrir. Sabiendo cómo iba a reaccionar su adversario.

Mia lo había sorprendido. Sin intentarlo, había conseguido atraerlo, intrigarlo. Dave sabía que le iba a dar más sorpresas, y eso no le gustaba.

–¿Va a venir tu madre a pasar la Navidad?

Dave salió de sus pensamientos y miró a Mike.

–Sí –le respondió–. Vendrá en noviembre, como siempre. Y se quedará hasta el uno de enero.

Mike asintió.

–Qué bien.

Dave frunció el ceño y se preguntó por qué se interesaba Mike por la visita de su madre. Luego se encogió de hombros. Tenía otras cosas en las que pensar.

–Parece que tenemos compañía, jefe.

Mike miró hacia el oeste, Dave lo imitó y vio a un hombre a caballo.

Enseguida reconoció a Chance McDaniel, que también tenía un rancho y un hotel al otro lado de Royal. Ganaba mucho dinero alojando a turistas que llegaban de la ciudad y que querían sentirse rancheros durante unos días. Era un buen amigo y, al igual que a Dave, le gustaba montar a caballo más que nada en el mundo.

–¿Qué tal? –lo saludó Dave cuando lo tuvo más cerca.

–He oído que ibas a llevar al ganado a los pastos de invierno –le dijo su amigo–. Y he pensado en echarte una mano, si te parece bien.

–Por supuesto –le respondió Dave–. Te lo agradezco.

Chance sonrió.

–Mis hombres están enseñando a utilizar el lazo a los huéspedes –le contó–. Más de uno va a necesitar una aspirina esta noche.

Mike se echó a reír.

–Ser un vaquero no es tarea fácil.

Y luego se marchó, dejando a los dos amigos solos.

Cabalgaron en silencio un rato, y después Dave comentó:

–Sueles disfrutar viendo a esos tipos de ciudad intentando montar a caballo. ¿Qué haces aquí?

Chance lo miró.

–Quería contarte que la agente del FBI está alojada en mi hotel.

–¿Sí?

Dave se sintió como si le acabasen de dar un puñetazo en el estómago. Había oído hablar de la agente que llevaba el caso de Alex.

Había hablado con ella en una ocasión y sabía que Bailey Collins estaba trabajando con Nathan. Tal vez el sheriff no lo considerase sospechoso de la desaparición de Alex Santiago, pero no sabía lo que Bailey pensaba de él.

Dave miró a su amigo y esperó.

–Es una mujer muy guapa –comentó Chance sonriendo.

–¿Y a qué ha venido? –le preguntó Dave, a pesar de saberlo.

No era normal que un hombre rico desapareciese de la faz de la Tierra sin dejar ni rastro.

–Está hablando con la gente –le contó Chance–. Ya ha interrogado a todo mi rancho. Está intentando averiguar algo más.

–Estupendo.

–Sí –dijo Chance–. A mí ya me interrogó una vez y creo que quiere que volvamos a hablar, aunque, por el momento, he conseguido evitarla.

–¿Y por eso has venido a ayudarme con el ganado?

–Más o menos.

Él lo entendía. Estaba harto de hablar de Alex. Era cierto que no habían sido amigos, pero desde su desaparición, se había convertido en una parte importante de su vida. Los rumores, las sospechas y el escándalo pendían sobre su cabeza cual nube negra que amenazaba tormenta.

Y a Chance le había sucedido lo mismo durante un tiempo, ya que había salido con Cara Windsor hasta que Alex se la había quitado. Como era de esperar, se había rumoreado que Chance había sido un amante despechado que quería venganza. Lo que era ridículo. A Chance le había gustado Cara, pero no lo suficiente como para hacer desaparecer a Alex.

–Me parece que va a querer hablar con todo el que conociese a Alex –le dijo a Dave–, y eso te incluye a ti. Supongo que tu conversación le va a parecer interesante, teniendo en cuenta que Alex y tú erais, por así decirlo, rivales.

–Estupendo –replicó Dave, quitándose el sombrero para pasarse una mano por el pelo y volviéndoselo a colocar–. Nathan me acaba de decir que no soy sospechoso, y ahora viene otra persona a avivar los rumores.

–Sí, y todo el mundo va a hablar del tema.

–Le va a llegar incluso a Thomas Buckley –comentó Dave indignado, frustrado.

–¿Ese viejo pretencioso? Todo le parece mal.

–Pues yo no puedo permitirme parecerle mal en estos momentos.

–¿Por el contrato para venderle carne?

–Exacto.

–Tal vez la tal Bailey sea discreta.

–Da igual –dijo Dave–. Cuando la gente del pueblo se dé cuenta de que quiere hablar conmigo, empezarán a hablar y Buckley se enterará.

–Puedes pedirle a Nathan que responda por ti –le sugirió Chance–. ¿Y cómo vas a fingir que eres todo un hombre de familia delante del dueño de TexCat?

–Esa parte la tengo solucionada –le respondió Dave.

Y le contó su plan a Chance.

Él dejó escapar un largo silbido.

–Eres un tipo listo, pero ¿el ama de llaves de Alex?

Chance sacudió la cabeza lentamente.

–A algunas personas, incluido Bailey, les va a parecer que quieres comprar su silencio.

–¿Qué?

A Dave no se le había pasado aquello por la cabeza, pero, por desgracia, Chance tenía razón.

–¡Eh! Yo no lo pienso. Sé que no tienes nada que ver con la desaparición de Alex, solo te estoy diciendo que el tema podría levantar sospechas.

Tenía razón y Dave lo sabía, pero ya había puesto en marcha su plan y no podía pararlo.

–Haga lo que haga, la gente va a hablar –admitió–. Al menos, de esta manera, hablará de lo que quiero que hable. Del compromiso.

–Vivir en un pueblo no siempre es fácil, ¿verdad?

–En absoluto, pero ¿a ti te gustaría mudarte a Houston o a Dallas?

Chance sonrió.

–Por supuesto que no. ¿Cómo iba a montar a caballo en la ciudad? Además, cuando no hablan de uno, es hasta divertido.

–Sí, pero, si eres el centro de los rumores, no hace ninguna gracia.

–Tienes razón.

Dave frunció el ceño.

–Me parece que voy a pasar el máximo tiempo posible con el ganado.

No creía que una mujer de ciudad fuese a ir hasta allí solo para hablar con él.

–Buena idea, aunque, seamos realistas, Dave. Tú y yo somos los principales sospechosos de la desaparición de Alex, y no han encontrado a nadie más que pueda ocupar nuestro lugar, ¿no?

–No –admitió Dave, pensativo.

–Cuando Alex vuelva –añadió Chance–, va a tener que responder a muchas preguntas.

–Por supuesto.

Dave espoleó a su caballo y Chance lo siguió. Un par de horas de duro trabajo les servirían para aclararse un poco la cabeza.

Una vez tomada la decisión, Amanda no perdió más el tiempo. Antes de que Mia se diese cuenta de lo que estaba ocurriendo, ya estaban las dos en Saint Tropez.

Los músculos se relajaban con solo entrar en el spa. La música de fondo era suave, las paredes estaban pintadas en tonos pastel, había flores frescas y jarras con zumo de limón colocadas sobre bandejas de plata. La luz de las lámparas era tenue y el personal era amable y atento.

Como era la primera vez que Mia iba a un lugar así, se sentía fuera de su elemento y agradeció que Amanda pudiese servirle de guía.

Debía haberse sentido culpable por gastarse tanto dinero, pero no fue así. Estaba demasiado… relajada. Por primera vez en muchos meses, tenía la mente en blanco y el cuerpo libre de tensión.

–Estás suspirando –le dijo Amanda.

Mia lo volvió a hacer y después sonrió.

–Nunca me habían dado un masaje y…

–Pobrecita –la interrumpió Amanda.

–Sí. Ha sido increíble. Todos los músculos de mi cuerpo están durmiendo la siesta.

–Los míos también. Aunque, desde que estoy embarazada, me quedo dormida en cualquier parte, la otra noche, me dormí de pie, en la cocina.

Mia sonrió mientras Amanda continuaba hablando de Nathan y de su futuro bebé. Se alegraba mucho por su amiga, aunque tenía que admitir que tenía envidia.

Después de haber vivido en muchos lugares, por fin había encontrado el sitio en el que se quería quedar, pero también quería formar una familia, ya que nunca había tenido amor, en toda su vida.

–¿Mia? –le dijo Amanda–. ¿Estás bien?

–Claro, ¿por qué?

–Porque Natalie te ha preguntado tres veces de qué color quieres que te pinte las uñas de las manos y de los pies.

–¡Ah! –exclamó ella, mirando a la mujer que había sentada junto a sus pies–. Lo siento.

–No pasa nada, ocurre a menudo –le dijo la otra mujer sonriendo–. ¿Te parece bien el rosa oscuro?

Mia se miró los dedos y asintió.

–Sí, me parece estupendo.

También era la primera vez que le hacían la manicura y la pedicura, pero no lo quiso confesar.

–Bien. Traeré unas copas de vino mientras se seca el esmalte, y luego os acompañaré a la zona de peluquería.

La idea la puso nerviosa, pero, cuando quiso darse cuenta, Natalie estaba de vuelta con una copa de vino blanco para ella y una limonada para Amanda.

–Cómo echo de menos el vino –suspiró Amanda–. Y la cafeína.

–Sí, pero después de nueve meses, tendrás un bebé a cambio del sacrificio. A mí me parece justo.

–Lo es, aunque ya le he dicho a Nathan que me traiga una botella de vino blanco al hospital. Voy a querer una copa, o tres, justo después del parto.

Aproximadamente una hora después, Mia estaba sentada en uno de los sillones de la peluquería, enfrente de ella, el espejo reflejaba la imagen de una persona desconocida. Mia sonrió y la imagen la imitó.

–Estás muy callada –comentó Amanda.

–Estoy pensando.

–¿En qué?

–En el día de hoy –respondió ella sonriendo–. Ha sido una idea genial, Amanda.

–¿Verdad que sí? –dijo su amiga riendo.

–No había estado tan relajada en toda mi vida.

–También estás muy guapa –le aseguró Amanda–. Me encanta cómo te ha quedado el pelo. Sigue estando largo y tiene tanto cuerpo que casi podría odiarte…

Mia se echó a reír y sacudió la cabeza. Las capas largas de su melena giraron y después volvieron a su sitio. Era increíble. Jamás había pensado que podría tener el pelo así.

–… me encantan las capas. Y los reflejos también. Sigues siendo morena, pero el color de tu pelo es más cálido.

Mia se lo tocó.

–Y está más suave.

–¿Mia?

Una voz la llamó y ambas mujeres se giraron y vieron a Piper Kindred, que estaba junto a la puerta.

–¿Eres tú, Mia?

–Sí –respondió ella sonriendo al ver la expresión de sorpresa de su amiga–. Amanda me ha convencido para que viniésemos a pasar el día al spa.

–Está guapísima, ¿verdad? –dijo Amanda–. Bueno, si no tenemos en cuenta los vaqueros y la camiseta. Lo siguiente que vamos a hacer es ir de compras.

Piper llevaba los rizos rojizos recogidos, como de costumbre, en una cola de caballo. Vestía pantalones vaqueros oscuros y un amplio jersey negro que disimulaba sus curvas. Le brillaban los ojos verdes y estaba sonriendo de oreja a oreja.

–Buena suerte, Mia. A Amanda le encanta ir de compras, pero yo a ti no te envidio.

–No me extraña –admitió ella.

Amanda sacudió la cabeza.

–Vaya dos mujeres. ¿Dónde está vuestro orgullo femenino?

–Las mujeres no solo van de compras –comentó Piper riendo–. Sobre todo, cuando trabajan de técnicos de ambulancia.

–Sí –admitió Amanda sonriendo–, ya sabemos a qué te dedicas y es estupendo, pero puedes hacerlo y, al mismo tiempo, ser una mujer.

Piper le guiñó un ojo.

–Siempre soy una mujer, Amanda. De hecho, he venido a cortarme el pelo y hacerme la pedicura.

–Sujétame, Mia, que creo que me voy a desmayar –gimió Amanda en tono de broma.

Mia se echó a reír.

–Muy graciosa –dijo Piper sin inmutarse. Luego, volvió a mirar a Mia.

–De verdad que estás guapísima.

–Es que se acaba de comprometer con Dave Firestone –anunció Amanda–. Así que ya era hora de que lo sorprendiese.

–¿De verdad? –preguntó Piper muy sorprendida–. Bueno, enhorabuena. Ha debido de ser muy rápido, ¿no?

–Sí –respondió Mia–. Ha sido un flechazo.

–Y, cuando Dave la vea, se va a enamorar todavía más.

–Umm... –musitó Piper, mirándose al espejo–. Tal vez yo también debería maquillarme.

–¿Tienes algún motivo en particular? –inquirió Mia.

Piper se encogió de hombros y sacudió la cabeza.

–Estoy un poco cansada de que los hombres con los que trabajo me traten como a uno más.

Mia la entendió. Ella también había sido invisible durante mucho tiempo y sabía cómo se sentía su amiga.

–Eso se puede arreglar –le aseguró Amanda–. Cuando hayas terminado aquí, estaré encantada de acompañarte de compras.

Piper se echó a reír.

–Será mejor que te ocupes de Mia.

–De acuerdo, pero te arrepentirás. Mia va

a ser la comidilla de todo el pueblo cuando haya terminado con ella. Ya lo verás.

–Vaya lío... –murmuró Mia, nerviosa al pensar que todo el mundo iba a hablar de ella.

–Sí –susurró Piper–. ¡Buena suerte!

Amanda agarró a Mia de la mano y la sacó de la peluquería mientras le contaba todo lo que iban a comprar en la tienda de Monica. Mia se giró para despedirse de Piper y se puso todavía más nerviosa al ver que se estaba riendo.

Capítulo Seis

Mia le dio un sorbo a su copa de vino blanco y esperó que le aplacase los nervios, pero, al parecer, iba a tener que dar más de un trago o dos.

Estaba sentada en un taburete, frente a la barra del restaurante Claire's. El bar era tan elegante como el restaurante.

Se miró en el espejo que había detrás de la barra y casi no se reconoció. Iba vestida con una blusa de color escarlata de manga larga y pantalones negros. Y estaba en territorio extraño. No era solo por la ropa nueva y por el corte de pelo, ni tampoco por el maquillaje. Era toda la situación. Y las mentiras que iban a dominar su vida durante el siguiente mes.

Tenía que admitir que tampoco le iba a resultar sencillo estar cerca de Dave. Era demasiado guapo, demasiado seguro de sí mismo y demasiado intocable.

En un par de días, su vida había cambiado por completo. En esos momentos, en vez de estar en su habitación, en casa de Alex, viendo la televisión, estaba bebiendo vino y luchando contra las ganas de salir corriendo.

Se sentía fuera de lugar, sola en aquel bar. Recordó las noches que había pasado en bares, leyendo un libro mientras su padre jugaba al póquer y le prometía que, si ganaba, le compraría una casa con una biblioteca.

Dave respondió al teléfono nada más oírlo.

–¿Dígame?

–Dave, ¿me has comprado un coche nuevo?

Él sonrió al reconocer la voz.

–¿Quién es?

–Muy gracioso –le dijo su madre–. Explícame que hace un Lexus nuevo en la puerta de mi casa.

–¿Qué quieres que te explique? –le preguntó mientras cruzaba la calle.

Había quedado para cenar con Mia en Claire's y había aparcado en la calle porque el aparcamiento estaba lleno.

–Necesitabas un coche nuevo y ya lo tienes.

–El viejo estaba bien –le aseguró su madre suspirando.

–Tú lo has dicho, «el viejo» –replicó Dave.

Se detuvo un instante fuera del restaurante. Después de un largo día en el rancho, estaba cansado y hambriento, y estaba deseando empezar con su plan.

Había parado en la joyería McKay para comprar un anillo. La dueña, Erma McKay, le había asegurado que todo el pueblo hablaría de él incluso antes de que saliesen del restaurante. Ella misma se había mostrado muy interesada por su historia de amor.

A él le quemaba la caja de regalo en el bolsillo. Nunca había pensado en casarse y en esos momentos, a pesar de saber que su compromiso con Mia era falso, no pudo evitar sentir cierta tensión en la nuca.

–David, no puedes seguir comprándome cosas –lo reprendió su madre.

–¿Por qué no?

–Disfruta de tu dinero. Cómprate algo para ti.

Él pensó que ya lo estaba haciendo. Se había comprado una prometida, pero no se lo dijo a su madre.

–Mamá…

–Te hablo en serio, David. Si quieres regalarme algo, que sean nietos.

Dave sacudió la cabeza mientras pasaba por su lado una mujer con dos niños, uno de ellos gritando como si lo estuviesen torturando. No, gracias.

–Es más fácil un coche. Disfruta del Lexus, mamá.

–¿Cómo voy a hacerlo, sabiendo que te estás gastando el dinero en mí?

–Lo hago por mí, me preocupa saber que no tienes un coche seguro, así estaré más tranquilo.

Ella suspiró al otro lado del teléfono.

–No sé cómo puedes ser tan testarudo, pero no tengo tiempo para seguir discutiendo contigo. He quedado con Cora para cenar, así que tengo que marcharme corriendo.

–Yo también. He quedado con una chica.

–Anda. ¿Y quién es?

Dave sonrió.

–Pásalo bien, mamá.

–De acuerdo, eres muy mal hijo, por no querer contarme nada, pero pásalo bien tú también.

Todavía sonriendo, Dave colgó el teléfono, entró en Claire's y fue directo al bar, donde Mia debía de estar esperándolo, porque llegaba tarde. Entonces dejó de sonreír. Él nunca llegaba tarde, siempre era el puntual y tenía el control de cualquier situación, pero supo que había empezado a perderlo nada más implicarse con Mia.

Recorrió el bar con la mirada, pero no la vio. ¿Le habría dado plantón? ¿Habría cambiado de idea? Porque él no se lo iba a permitir, tenían un plan e iban a ceñirse a él, aunque…

Su mirada se encontró con la de una mujer a través del espejo que había detrás de la barra y a Dave se le cortó la respiración. Era ella. Mia. Y estaba… preciosa.

De repente, se había convertido en la mujer más bella que Dave había visto en toda su vida. La admiración y el deseo se mezclaron peligrosamente en su interior.

Hacía mucho tiempo que no se sentía así, de hecho, no recordaba la última vez que había deseado tanto a una mujer.

Si no hubiese decidido ya seducirla, después de aquella noche habría tomado la decisión. Lo que quería era pasar de la cena y llevársela de vuelta al rancho. Por desgracia, iba a tener que convencerla, pero no había nada mejor que un reto.

–¿Mia?

Ella parpadeó y su mirada perdió el aire soñador y se centró en él a través del espejo. Sonrió y Dave se excitó todavía más.

–¿Dave? –le preguntó ella con preocupación–. ¿Estás bien?

–Sí. Bien. Es solo que… –dijo, mirándola

de arriba abajo– estoy sorprendido. Estás preciosa.

Ella se ruborizó y Dave volvió a sorprenderse, pues había pensado que las mujeres ya no se ruborizaban.

–Espero que no hayas tenido que esperar mucho.

No se disculpó.

–No –respondió ella, mirándolo con curiosidad, como si le extrañase que su voz hubiese cambiado y se hubiese vuelto más fría de repente.

Lo cierto era que Dave estaba haciendo un gran esfuerzo por parecer tranquilo.

–¿Cenamos?

–Sí, aunque no me han dicho que la mesa esté preparada todavía y…

–Mi mesa está preparada cuando yo llego.

Ella arqueó las cejas.

–Espero que utilices ese poder para cosas buenas, no malas.

Él se echó a reír. No había esperado disfrutar de la compañía de Mia. Era toda una caja de sorpresas.

–El poder conlleva siempre responsabilidad –comentó.

Ella sonrió y Dave sintió más calor. Sacudió la cabeza y le dijo:

–Deja ahí tu copa. Tomaremos champán con la cena.

–¿Champán? –preguntó ella, tomando su mano para bajar del taburete–. ¿Estamos de celebración?

–Estamos comprometidos, ¿o es que no te acuerdas?

–Sí, supongo que sí.

Dave sintió el calor de su mano y pensó que, de repente, tenía fiebre. Se recordó a sí mismo que la fiebre solía bajar tan rápidamente como subía.

Condujo a Mia al restaurante, donde la camarera lo reconoció al instante y tomó dos cartas.

–Bienvenido, señor Firestone. Síganme, por favor…

La mujer los guio hasta el interior de Claire's, donde las luces eran tenues y los manteles blancos brillaban en la oscuridad. Había velas en todas las mesas, creando sombras sobre las paredes. Parejas y grupos cenaban y charlaban en voz baja. La música era la misma que la del bar, jazz suave, que producía una sensación de intimidad.

Dave ya había llevado a varias mujeres allí antes, aunque solía acudir a Claire's más bien a hablar de negocios. El servicio era atento, pero no asfixiante, así que se podía hablar sin que interrumpiesen constantemente.

No obstante, esa noche iba a tratar otro tipo de negocio.

Y no iba a poner en riesgo su futuro por culpa de la reacción de su cuerpo.

Con la mano en su espalda, avanzó entre las mesas mientras sentía la suavidad de su blusa de seda y el calor de su cuerpo.

La camarera los acompañó a la que era su mesa habitual, situada al fondo del restaurante, en un lugar muy íntimo. Una vez sentados, se marchó y los dejó solos. Mia tomó su carta inmediatamente y Dave sonrió. Le gustaba salir con una mujer que disfrutaba comiendo.

Ella lo miró por encima de la carta.

–Es la primera vez que vengo. Es muy agradable.

–Sí –dijo él, mirando a su alrededor–. Supongo que sí.

Estaba tan acostumbrado a ir allí que ya no lo valoraba, pero, al estar con Mia, se dio cuenta de que era un lugar refinado, pero lo suficientemente informal como para sentirse cómodo.

A la luz de la vela, la piel de Mia parecía de porcelana y sus ojos reflejaban la llama que había en el centro de la mesa. Llevaba el pelo suelto y ondulado, y los dos primeros botones de la blusa desabrochados, dejando entrever su sedosa piel y haciendo que Dave desease ver más.

No era la primera vez que se sentía atraído por una mujer, pero la sensación con Mia era completamente diferente. Mia lo sorprendía, cosa nada sencilla. Dave se preguntó en qué estaría pensando mientras lo miraba fijamente y se dio cuenta de que era la primera vez que le importaba lo que estuviese pensando una mujer.

Para intentar apartar su mente de lo que le pedía el cuerpo, comentó:

–Cuando he entrado al bar esta noche, parecías estar muy lejos de aquí.

–¿Qué? –preguntó ella con el ceño fruncido–. Ah… Solo estaba recordando.

–¿El qué? –le preguntó él por curiosidad.

–A mi padre.

Dave tampoco había esperado aquella respuesta. Mia había hablado en tono cariñoso. Él dejó la carta, no la necesitaba. Iba a pedir lo mismo de siempre. Filete con patatas.

–¿Dónde está ahora?

–Falleció hace unos diez años.

–Lo siento.

–¿Y el tuyo? ¿Todavía vive?

Dave se puso tenso y se dijo que aquel era

el motivo por el que nunca se interesaba por la vida de los demás, porque acababa volviéndose en su contra.

–No tengo ni idea.

–¿Qué quieres decir?

–Nos dejó a mi madre y a mí cuando yo tenía diez años. No he vuelto a verlo.

–Oh, Dave, lo siento.

Él no quería despertar compasión. No la necesitaba. Hacía mucho tiempo que había dejado atrás al chico que había echado de menos a su padre. La vida le había ido bien sin el hombre que había incumplido su responsabilidad y había abandonado a su familia.

–No sé qué decir –murmuró Mia.

–No tienes que decir nada –le aseguró Dave, deseando que llegase el camarero con el champán–. Hace mucho tiempo. Perdimos el rancho y mi madre se puso a trabajar de cocinera para la familia que lo había comprado.

Habló en tono tenso, frío, sin dejar entrever la ira que le seguían provocando aquellos recuerdos.

Había visto a su madre matarse a trabajar en una casa que había sido suya. La había oído llorar por las noches, a sabiendas de que no podía hacer nada. Había odiado a su padre por haberse marchado y, al mismo tiempo, había rezado todas las noches para que volviese.

Pero no había vuelto. Y Dave había crecido muy deprisa. Se había prometido a sí mismo hacerse tan rico que nadie jamás pudiese quitarle lo que era suyo. Cuidaría de su madre y se aseguraría de que ella no tuviese que volver a trabajar nunca para otra persona.

Y eso había hecho.

Se había convertido en un hombre que otros envidiaban. Y no iba a parar en esos momentos.

Mia todavía lo estaba mirando y vio cautela en sus ojos. Era como si estuviese debatiéndose entre mostrar su compasión o darle la enhorabuena por todo lo que había conseguido. Él decidió ahorrarle las molestias.

–El pasado no importa.

–¿De verdad lo piensas?

–Sí. Lo que cuenta es el presente y el futuro.

–Pero el pasado nos convierte en lo que somos.

–Tienes razón, pero el pasado no se puede cambiar, así que ¿por qué pensar en él?

–¿Para aprender? ¿Y para recordar lo bueno?

El camarero se acercó a la mesa e interrumpió su conversación para dejarles una botella de champán. Guardaron silencio mientras descorchaba la botella y servía una pequeña cantidad en la copa de Dave para que lo probase. Cuando le dio su aprobación, llenó ambas copas y tomó nota de lo que iban a cenar.

Dave sonrió al ver que Mia pedía lo mismo que él. Carne con patatas asadas.

–¿Todavía tienes hambre? –le preguntó antes de que ella volviese a hablar del pasado.

Mia se encogió de hombros.

–No merece la pena fingir que no tengo apetito. Al fin y al cabo, esto no es una cita, ¿no?

Él se echó a reír.

–¿Así que las mujeres solo fingen no tener hambre cuando salen con un hombre?

–Por supuesto. Apuesto a que cualquier mujer delgada vuelve a casa después de una cita y va directa a la nevera.

–¿Lo dices por experiencia?

–No –contestó ella, encogiéndose de hombros–. Hace mucho tiempo que no salgo con nadie.

–Pues no lo entiendo –admitió él.

Era guapa, divertida e inteligente. ¿Cómo era posible que ningún hombre se interesase por ella?

Mia tomó la copa de champán y le dio un sorbo. Luego sonrió y a Dave se le encogió el estómago al verla.

–En realidad, no he tenido tiempo para salir con nadie –comentó–. He estado estudiando y ocupándome de la casa de Alex para poder pagarme los estudios. Además, he hecho unas prácticas en el instituto de Royal. Así que salir con hombres no ha sido mi prioridad.

–Eso lo comprendo –le dijo Dave, impresionado por su determinación por labrarse un futuro mejor–. Tienes un objetivo y haces todo lo posible por conseguirlo. Yo hice lo mismo.

–¿Qué quieres decir?

El ambiente del restaurante era tranquilo, todo el mundo hablaba en voz baja, la música era suave y la luz de las velas creaba un ambiente íntimo. Dave tenía la sensación de estar a solas con Mia. Tal vez aquel fuese el motivo por el que estaba hablando con ella de temas de los que no hablaba nunca.

Le dio un sorbo a su copa de champán y pensó en lo distinta que era su vida en esos momentos de diez años antes.

–Yo también tuve que trabajar para poder estudiar –le contó mientras dejaba la copa en la mesa y se ponía tenso al empezar a recordar–. Hice todo tipo de trabajos, me pagué los estudios y ahorré lo que pude. En clase de geología conocí a Tobin Myer.

–Un nombre interesante.

–Un tipo interesante –respondió Dave–. No tenía muchos amigos. Se pasaba la mayor parte del tiempo explorando y haciendo pruebas en terrenos baldíos.

–¿Qué tipo de pruebas?

Él se echó a reír y se relajó mientras hablaba. No sabía por qué le resultaba tan fácil hablar con Mia y no quiso darle demasiadas vueltas.

–No sabría decírtelo ni siquiera ahora. Tobin sí que sabía lo que hacía. Hablaba durante horas de yacimientos naturales, pizarras, trazas de petróleo…

–Te caía bien, ¿no?

–Sí. Éramos dos solitarios. Yo no tenía tiempo para amigos ni fiestas. Tobin estaba tan metido en sus cosas que tampoco tenía a nadie… Aunque fuese por motivos diferentes, ambos estábamos solos. Tal vez conectamos por eso. En cualquier caso… Tobin encontró un terreno con el que estaba emocionado. Dijo que tenía muchísimos depósitos minerales, pero necesitaba que alguien lo respaldase. Alguien tenía que comprar el terreno y ser su socio.

–Tú.

Él asintió.

–Yo. Me gasté todos mis ahorros y los invertí en el terreno que quería Tobin.

–Y supongo, dado que estamos aquí, bebiendo champán y que me has pagado una cantidad de dinero monumental, que Tobin tenía razón.

–Sí, aquel terreno valía una fortuna.

–¿Lo vendisteis?

–No, lo alquilamos a una gran compañía petrolera –le respondió Dave–. Querían comprarlo, pero no se lo vendimos, sino que cobramos un alquiler y derechos todos los trimestres.

–¿Fue idea tuya?

–Por supuesto.

Dave sonrió al recordar su primer gran contrato.

–Tobin habría vendido el terreno a la primera oferta, estaba eufórico solo porque tenía razón.

Dave todavía podía sentir la emoción de aquellos momentos. Tanto Tobin como él habían recibido una pequeña fortuna que había ido creciendo con los años. Gracias a ella, había podido comprar el rancho y construir su casa.

–¿Todavía tienes contacto con Tobin?

–Sí. Ahora vive en Dallas, pero pasa la mayor parte del tiempo en su jet, viajando por todo el país para seguir buscando terrenos.

–Y seguís siendo socios.

–¿Has oído hablar de MyerStone Development?

–Sí, creo que se habla bastante de ella en los periódicos y… ¿Sois Tobin y tú?

–Tobin y yo –dijo él, levantando su copa para brindar por su socio.

–Así que a veces también merece la pena mirar al pasado.

–Ahí tienes razón.

Durante la cena, hablaron de temas cotidianos. De las novedades de Royal, de Alex Santiago y, por fin, de cómo iban a convencer a Thomas Buckley de que eran pareja.

Cuanto más tiempo pasaba con ella, más pensaba Dave que Mia era la solución a muchos de sus problemas. Estaban tomando el postre y el café cuando se lo dijo:

–Pienso que deberías mudarte al rancho conmigo.

Capítulo Siete

Mia se quedó de piedra.

–¿Qué?

Parecía asustada y a Dave le gustó verla así.

–Termínate la tarta –le dijo.

Mia se metió otro bocado de tarta de chocolate en la boca y lo masticó frenéticamente.

Dave aprovechó para seguir hablando.

–Piénsalo. Estamos prometidos. Y vamos a reunirnos con Buckley en el rancho. Lo mejor sería que tú estuvieses allí.

Ella tragó y lo señaló con el tenedor.

–Pero tú dijiste que Buckley era muy conservador. No le gustará ver que vivimos juntos.

–Estamos prometidos.

Ella tomó aire, lo expulsó y dejó el tenedor.

–Por cierto...

Dave buscó en su bolsillo la caja del anillo.

Cuando Mia la vio, abrió mucho los ojos y bajó las manos a su regazo.

–¿Qué has hecho?

–Mia, nadie va a creer que un hombre como yo no te ha regalado un anillo.

Ella lo miró a los ojos y Dave se dio cuenta de que estaba nerviosa. Volvió a alegrarse.

–No sé…

–Tenemos que hacerlo bien. El anillo es solo un símbolo de nuestro acuerdo.

–Un símbolo.

Mia volvió a respirar hondo y luego tomó de nuevo el tenedor y siguió comiendo tarta. Lamió el tenedor ajena a los efectos que eso tenía en Dave.

–Es solo una joya –le dijo él, abriendo la caja.

Ella dio un grito ahogado y sonrió. Se llevó una mano al pecho como para evitar que se le saliese el corazón.

–No es posible.

A él le encantó ver que Mia deseaba el anillo y, al mismo tiempo, quería salir corriendo. La vio acercar la mano a la caja con cautela y supo que la tenía en el bote.

–Es enorme –dijo Mia.

–Transmite un mensaje.

–Sí. «¡Venid aquí, ladrones! ¡Robadme!»

–¿En Royal?

Dave se echó a reír, sacudió la cabeza y sacó el anillo de la caja para ponérselo antes de que Mia se arrepintiese.

–El mensaje es que Mia pertenece a Dave.

–Pertenece –susurró ella en voz muy baja.

Pero Dave la oyó y se le encogió el estómago. Él ignoró la sensación y se centró en su plan.

Mia clavó la mirada en el anillo unos segundos y después volvió a mirarlo a él.

–Llevaré el anillo…

–Bien.

–Pero con respecto a mudarme contigo…

–Tiene sentido.

–Pero yo tengo que cuidar de la casa de Alex.

–Alex no está –le recordó él.

–Lo sé, pero…

–Y cuanto más tiempo lleve desaparecido, más pesados se pondrán los reporteros –continuó Dave–. La mayoría se quedan fuera de la urbanización, pero alguno ha llegado hasta la casa.

–Es verdad.

–Y habrá más. Sobre todo, cuando se corra la voz. Empezarán a especular acerca de nuestra relación. ¿Por qué no vienes conmigo? Nadie te molestará en mi rancho, y podrás ir a casa de Alex siempre que quieras.

–No me gusta dejar la casa de Alex sola –admitió ella–. ¿Y si llama? ¿Y si necesita ayuda?

Dave frunció el ceño y pensó en aquello antes de decidir:

–Pediremos a la compañía telefónica que desvíe las llamadas a mi casa. ¿Te parece bien?

Ella lo pensó, pero Dave supo que conseguiría convencerla.

Si se mudaba a su rancho, todo el mundo creería con más facilidad que estaban juntos. Y él podría seducirla antes.

Se estaba volviendo loco solo con tenerla delante. Cada vez que Mia se mordía el labio inferior o suspiraba, él se excitaba más. Mia Hughes iba a ser suya. Y muy pronto.

–Estás viviendo sola en una casa enorme, vacía, y no hay ningún motivo para ello –le recordó–. Vente a mi rancho. Date un respiro.

Ella se echó a reír.

–¿Un respiro?

–Sí. No tendrás que limpiar ninguna casa. Ni tendrás preocupaciones.

–Tú me preocupas –admitió Mia.

–¿Yo? Si soy inofensivo...

Ella volvió a reírse y a Dave le gustó el sonido.

–Eres muchas cosas, pero no eres inofensivo.

–¿No me tendrás miedo?

–Dijo el malvado lobo –murmuró ella antes de negar con la cabeza–. No, no te tengo miedo, Dave, pero…

–Venga.

–¿Siempre consigues lo que quieres?

–Siempre.

Ella miró el anillo, luego a él y por fin di–jo:

–En ese caso, supongo que has vuelto a ganar. Está bien, me mudaré contigo.

–No ha sido tan difícil, ¿verdad?

–No tienes ni idea.

–Toma –le dijo Dave, ofreciéndole su tarta de chocolate, que no había probado.

Ella la aceptó.

–Gracias.

Después de una semana en el rancho Royal Round Up, Mia seguía sintiéndose tan incómoda como el primer día. Y aún más nerviosa.

En Royal solo se hablaba de su compromiso. Cada vez que iba al pueblo, la paraban para preguntarle por su repentino romance. Y eso hacía que se sintiese como una mentirosa. Y si había algo que le había enseñado su padre era que mentir era de cobardes.

Mia odiaba mentir. Odiaba representar un papel. Y odiaba pensar en lo que diría todo el mundo en el pueblo cuando su compromiso se rompiese.

No obstante, al mismo tiempo, agradecía que Dave hubiese querido que fuese al rancho porque era cierto que allí no la molestaba nadie.

Detuvo su viejo Volkswagen delante de las puertas del rancho y saludó al guardia, que impedía el paso de personas ajenas al mismo. Si alguien conseguía saltar la valla, era probable que se perdiese antes de llegar a la casa.

Sonriendo, Mia recorrió el camino que llevaba hasta el rancho.

Había sido una semana muy extraña. Ya se había acostumbrado a la casa y, a pesar de su tamaño y elegancia, le parecía un lugar acogedor. Su dormitorio, que estaba enfrente del de Dave, era más grande que todas las habitaciones que tenía en la casa de Alex. Y se estaba acostumbrando a despertarse con las vistas de la espectacular finca de Dave, que se extendía hasta el horizonte y más allá.

Era un lugar tranquilo y, por las noches, el cielo parecía de terciopelo, salpicado por un manto de estrellas que le cortaba la respiración.

Pero no era todo aquello lo que la ponía nerviosa.

Era Dave.

En realidad, él no había hecho nada para ponerla nerviosa. Todo lo contrario, no había hecho nada más que ser agradable. E incluso considerado. Cenaban juntos todas las noches y pasaban horas en la biblioteca que tanto le había gustado a ella nada más verla. Dave la llevaba a recorrer el rancho a caballo y la había llevado a ver a su yegua, que estaba a punto de parir.

Cada vez que Mia se giraba, allí estaba él. Guapo, cariñoso, sexy. La estaba volviendo loca y Mia tenía la sensación de que lo estaba haciendo a propósito. Que Dave sabía que estaba mellando su resistencia poco a poco, que la estaba seduciendo.

Y lo cierto era que ella lo estaba disfrutando.

Aunque, en realidad, no fuese buena idea. Estaba segura. Aquella nunca iba a ser su casa. Dave no iba a ser suyo. Su relación no era real. Lo único real era el deseo.

Y, si Dave estaba intentando seducirla, estaba haciéndolo con mucha paciencia. Porque ni siquiera había intentado besarla.

–¿Por qué? –se preguntó Mia en voz alta, mirándose en el espejo retrovisor.

Cuando habían empezado con todo aquel lío, ella le había dejado claro que el sexo no estaba incluido en el trato, entonces… ¿por qué se sentía decepcionada?

–Porque no puedes dejar de pensar en él –se dijo, apretando los dientes.

Aquella era la verdad. Se pasaba el día pensando en Dave y el hecho de que él estuviese decidido a guardar las distancias la estaba volviendo loca.

–Y eso no está bien –añadió en voz alta.

Solo había estado con dos hombres en toda su vida y ninguna de las dos experiencias había sido demasiado buena. No había habido chispa.

Y no entendía por qué le atraía tanto Dave.

Llegó hasta la casa y la rodeó para aparcar cerca de los establos, ya que no le gustaba dejar su viejo coche delante del bonito edificio.

Miró a través del parabrisas y vio a un par de trabajadores del rancho en el corral, donde Mike Carter estaba domando a un potro. Dave también se encontraba allí, con los brazos apoyados en la valla. Mia se había dado cuenta durante esa última semana de que el Dave que vivía y trabajaba en el rancho era muy distinto del hombre de negocios al que había conocido al principio. Era como si su alma estuviese allí, en el rancho, y sin ella fuese otra persona completamente diferente.

Por desgracia para ella, ya se había sentido atraída por el frío hombre de negocios... pero el ranchero era completamente irresistible.

Suspiró, salió del coche y sacó de él sus bolsas y un pequeño jarrón azul con tres margaritas y un clavel rojo.

–¡Mia!

Se giró y vio a Dave acercándose a ella, con el sol del atardecer de fondo, y se le cortó la respiración. Llevaba puesto el sombrero e iba vestido con una camisa de trabajo azul remangada, vaqueros y botas.

Dave Firestone era el tipo de vaquero que le habría acelerado el pulso a cualquier mujer. Así que era normal que a ella le pasase lo mismo.

Cuando estuvo más cerca, miró las flores y sonrió.

–¿Puedes decirme quién le ha regalado flores a mi chica?

«Su chica». A Mia le encantó que la llamase así y tuvo que recordarse que todo aquello era una farsa. Había varios trabajadores del rancho cerca y Dave estaba representando su papel.

–Te dije que era el último día de prácticas en el instituto...

–Ah...

–Y dos de los chicos me han traído esto –añadió ella, mirando las flores.

–Qué simpáticos.

–Pues sí. Los voy a echar de menos.

Dave se acercó más a ella, se acercó tanto que Mia aspiró el olor de su aftershave y se le aceleró el pulso.

–Volverás a verlos en primavera. Y luego terminarás los estudios y podrás empezar a trabajar en el instituto a tiempo completo.

Mia esperó que tuviese razón.

–Has tardado mucho en venir y estaba empezando a preocuparme –añadió él–. Había pensado que tal vez tu... coche había fenecido.

Ella frunció el ceño. Era cierto que el coche estaba viejo, pero arrancaba bien todas las mañanas y la llevaba a todas partes, así que era suficiente. Mia no tenía dinero para comprarse otro.

–No te burles de mi pequeño.

Dave sacudió la cabeza.

–No me estoy burlando, solo digo que ese coche tenía que haber pasado a mejor vida hace mucho tiempo.

Luego, cambió de tema de conversación.

–Deja aquí las bolsas –le sugirió, tomándolas y apoyándolas en el capó del coche–. Quiero enseñarte algo.

Parecía emocionado y estaba sonriendo de medio lado. Estaba irresistible. Mia dejó las flores encima del capó también.

–¿El qué?

–Ahora lo verás.

Dave tomó su mano y la llevó hacia los establos.

Mia tuvo que andar deprisa para seguirle el paso. El calor de su mano se le fue extendiendo por todo el cuerpo, hasta abrazarle el corazón.

Los hombres que había en el corral la saludaron y ella sonrió. Le gustaba sentirse parte de la vida del rancho, aunque fuese solo de manera temporal. Con aquello en mente, siguió a Dave dentro del establo.

Olía a heno y a caballos, y Dave la guió hasta el último compartimento y le indicó que mirase dentro.

–Oh…

A Mia se le encogió el corazón en el pecho. Dancer, la yegua de Dave, había parido un precioso potrillo.

–Ha ocurrido hace un par de horas –le contó Dave en un susurro, acariciándole el oído con su cálido aliento–. Dancer se ha portado como si hubiese hecho esto cientos de veces antes.

–Me alegro mucho –comentó ella, dándole un abrazo.

Sabía lo mucho que aquel animal significaba para él. De hecho, Dave había querido llamar a un veterinario para asegurarse de que la vida de la yegua no corría ningún peligro.

Y eso decía mucho de él. Podía fingir ser frío y distante, pero en realidad tenía un corazón enorme.

–Sí –respondió Dave, mirándola a los ojos mientras la abrazaba también y la apretaba contra su cuerpo–. Yo también me alegro. He visto crecer a Dancer y significa mucho para mí.

–Lo sé.

Mia no podía apartar la vista de sus ojos grises. Contuvo la respiración y no habló más por miedo a romper el momento de intimidad.

Él recorrió su rostro con la mirada, como una caricia.

–Es extraño, pero estaba deseando que llegases a casa para poder compartir esto contigo.

–¿De verdad?

–Sí.

Dave levantó una mano y le acarició la mejilla.

–No sé por qué –añadió.

–Yo tampoco lo sé, pero me alegro.

–Yo también.

Dicho aquello, Dave inclinó la cabeza hacia ella.

Mia se sintió aturdida nada más notar el roce de sus labios. Suspiró, se apoyó en él, que la abrazó todavía más, y apretó su cuerpo contra el de él.

Estaba perdida, completamente entregada al calor y al deseo que sentía en su interior.

Se olvidó de dónde estaban. Se olvidó del establo y de los caballos. Las voces de los hombres que había fuera se desvanecieron y se quedaron solos Dave y ella, disfrutando de un momento que la llenó de placer a pesar de tener un componente de preocupación.

Cuando Dave le separó los labios con la lengua y profundizó el beso, la preocupación desapareció también y Mia se entregó por completo a una emoción y a una pasión desconocidas hasta entonces.

Sus alientos se entremezclaron, sus cuerpos se fundieron en uno y Mia oyó gemir a Dave, que metió las manos por debajo de su camisa. Sus caricias fueron mágicas y, de repente, Mia quiso más.

Necesitó más.

Pero él se apartó e intentó recuperar la respiración. Mia apoyó la frente en su pecho, estaba temblando.

–¿Por qué has parado?

Él se echó a reír.

–Porque estamos en los establos, Mia. Y mis trabajadores están ahí afuera. Si vamos a hacer esto, vamos a hacerlo bien.

Luego la miró a los ojos y preguntó:

–Porque vamos a hacerlo, ¿verdad?

Aquella frase hizo que Mia volviese repentinamente a la realidad, que recordase lo que estaba haciendo allí. Con quién estaba. Y por qué. Dave acababa de darle la oportunidad de tranquilizarse, pensar con frialdad y parar lo que estaba ocurriendo entre ambos, fuese lo que fuese. Y ella tenía que aprovecharla y decirle que no.

–Por supuesto –respondió en vez de eso–. ¿Cuándo?

–Yo pienso que ahora mismo.

–Buena idea –dijo ella, todavía temblando de deseo–. ¿Dónde?

–En tu habitación. Dentro de quince minutos.

–De acuerdo. ¿Y por qué tanto tiempo?

Dave se echó a reír y ella lo imitó. Aquello era ridículo. Era una locura. Mia nunca había hecho nada parecido, pero le gustaba.

–Porque voy a tener que esperar diez minutos antes de poder salir de aquí –admitió Dave.

Ella se ruborizó y después sonrió. Era la primera vez que tenía aquel efecto en un hombre y le encantó.

–Está bien –le dijo, volviendo a respirar–. Te estaré esperando.

Sus ojos grises brillaron con una intensidad nueva para ella.

–Iré lo antes posible –le prometió.

Mia asintió, salió del establo, volvió a saludar a los hombres que había fuera y fue hacia la casa, deteniéndose antes junto al coche para recoger sus cosas.

No tenía mucho tiempo. Subió las escaleras corriendo, con la esperanza de no encontrarse con el ama de llaves de Dave. Nada más llegar a su habitación, se quitó la ropa y fue a darse una ducha. Se alegró de haberse depilado precisamente el día anterior. Se secó y se puso el grueso albornoz blanco que colgaba de detrás de la puerta.

Sabía que estaba dando un paso muy importante. No había pensado que su relación con Dave llegaría tan lejos, pero en esos momentos no iba a arrepentirse. En vez de eso, iba a aprovechar la oportunidad que se le presentaba. Había pasado varios años estudiando y trabajando, sin vivir la vida de verdad.

Tomó aire y se llevó una mano al vientre en un fútil intento de calmar el cosquilleo que sentía en él. Hacía mucho tiempo que no había estado con un hombre.

Pero eso iba a cambiar. Iba a empezar a vivir un poco. Iba a estar con un hombre que la deseaba. Ocurriese lo que ocurriese al día siguiente, ya se enfrentaría a ello. No iba a dar marcha atrás.

Se sentó al borde de la cama con dosel y, para distraerse de los nervios de la espera, miró a su alrededor. La habitación era parecida al resto de la casa y tenía vistas al jardín. En una pared había una chimenea de piedra, que en esos momentos estaba apagada, y en la otra un armario empotrado. Era perfecta, como el resto de la casa.

Y, en esos momentos, lo único que faltaba allí era Dave.

Se sobresaltó al oír que llamaban a la puerta. La abrió, miró a Dave y supo que iba a hacerlo, que iba a vivir el presente.

–Tengo la sensación de que no lo tienes muy claro –le dijo él en voz baja.

–No –lo contradijo–. Lo voy a hacer.

–¿No tienes dudas?

–No.

–¿No has cambiado de opinión?

–No.

–Menos mal –comentó él, entrando y cerrando la puerta con el pie–. Si hubieses cambiado de opinión…

–¿Qué? –le preguntó ella–. ¿Qué habrías hecho?

–Marcharme –admitió él–. Y sufrir en la soledad de mi habitación.

–Eso habría sido una pena.

–Sí –admitió Dave–. No sé si sabes que has estado volviéndome loco, Mia.

–¿No me digas?

Le encantó oírlo. Hasta entonces, no había pensado que era capaz de volver loco a un hombre.

–Sí –le confirmó Dave, recorriéndola con la mirada–. Dime, ¿qué hay debajo del albornoz?

–Yo –respondió Mia, llevándose las manos al cinturón, pero él la detuvo.

–Déjame a mí.

Se quedó quieta mientras le desataba el cinturón y abría el albornoz. El frío aire de la habitación le acarició la piel, que se le puso de gallina bajo el calor de las manos de Dave.

Él le acarició las caderas y subió hasta los pechos. Mia se tambaleó, pero mantuvo los ojos abiertos, decidida a verlo, a disfrutar de cada momento con él.

Dave también se había dado una ducha antes de ir. Tenía el pelo rubio oscuro todavía húmedo. Llevaba puesta una camiseta negra y vaqueros, y estaba descalzo. Y Mia nunca lo había visto tan sexy.

Se inclinó a besarla y ella se acercó más. Luego, Dave interrumpió el beso y murmuró:

–Tengo que hacerte mía.

–Sí –respondió ella, abrazándolo por el cuello y dando un grito al ver que la levantaba en volandas.

Se echó a reír, encantada. Aquello era tan romántico que casi no se podía creer que le estuviese ocurriendo a ella.

–Te he sorprendido, ¿verdad? –dijo Dave sonriendo.

–Sí.

–Me gusta tu sonrisa.

A Mia le gustaban muchas cosas de él. Lo miró a los ojos y supo que debía detener aquello, pero también supo que no podría hacerlo. Suspiró y comentó:

–Esto va a complicar las cosas.

Dave negó con la cabeza.

–No tiene por qué.

–Por supuesto que sí. El sexo siempre complica las cosas.

–Eso no tiene por qué ser malo.

–Espero que tengas razón.

Él sonrió.

–Siempre tengo razón.

Luego la tumbó en la cama y ella se apoyó en los codos para ver cómo se desvestía. Unos segundos más tarde, estaba a su lado, abrazándola y rodando con ella por el colchón, con las piernas entrelazadas, acariciándose, besándose, llenando de suspiros y gemidos la habitación.

Mia arqueó la espalda al notar los labios de Dave en su pecho. Se centró en él hasta que la hizo gemir y retorcerse de placer.

Era la primera vez que Mia se sentía así. Cuanto más la acariciaba Dave, más se excitaba.

–Llevo días queriendo hacer esto –le confesó él, volviendo a tomar su pecho con la boca.

Mia gimió y cerró los ojos.

–Me encanta oírte gemir –añadió Dave, mirándola a los ojos–. Me encanta tu piel. Me encanta tu olor.

A pesar de estar oyendo todo aquello, Mia supo que no debía hacerse falsas esperanzas. Dave no la quería. Solo le gustaba lo que estaban haciendo. Y a ella también. «No pienses», se ordenó, decidiendo limitarse a disfrutar de la sensación.

Él siguió acariciándola, mordisqueándola y besándola y Mia deseó tenerlo dentro y terminar con aquella tortura cuanto antes.

Nadie la había tocado antes así. Nadie le había hecho sentir tanto.

Entonces Dave se apartó y ella alargó los brazos hacia él.

–Espérame ahí.

Luego salió de la cama, recogió sus pantalones vaqueros del suelo y metió la mano en uno de los bolsillos. Tiró un montón de preservativos sobre la mesita de noche y abrió otro.

Mia miró la mesita de noche y comentó:

–¿Tienes planeada una noche muy larga?

–Hay que estar preparado –respondió él, poniéndose el preservativo antes de volver a la cama–. Ahora que te tengo donde quería tenerte, no pienso dejarte escapar.

–¿Quién dice que yo voy a dejarte escapar a ti? –bromeó ella.

Él volvió a sonreír.

–Eso me gusta –le dijo, dándole un beso en la base de la garganta–. Estás muy caliente.

–Cada vez más.

Sonriendo, Dave le separó los muslos y se arrodilló entre ellos. Entonces la acarició con la mano.

Mia apoyó los pies en la cama y levantó las caderas. Se lamió los labios.

–Por favor, Dave. No me hagas esperar más.

–No –dijo él, penetrándola de un solo empellón.

Mia dio un grito ahogado, lo miró a los ojos y suspiró mientras disfrutaba de la sensación. Dave era parte de ella. Sus cuerpos eran uno. Lo abrazó por el cuello y lo miró a los ojos mientras él se movía en su interior y la golpeaba con las caderas. Se movieron al mismo ritmo, avanzando juntos hacia el clímax.

Sus suspiros y gemidos llenaron la habitación. El sol entraba por las ventanas.

Mia se aferró a él mientras aumentaba la

tensión. Se movió con él, le devolvió las caricias.

Aquel momento lo era todo. Nada importaba fuera de aquella habitación.

Lo miró a los ojos grises y vio su reflejo mientras su cuerpo explotaba por dentro. Dijo su nombre y se aferró desesperadamente a él.

Todavía estaba temblando cuando Dave alcanzó el clímax también.

Capítulo Ocho

Dave se sentía conmovido, pero no iba a admitirlo.

Allí tumbado en la cama de Mia, con ella hecha un ovillo a su lado, miró al techo e intentó comprender lo que acababa de ocurrir.

La había hecho instalarse en aquella habitación a propósito, para tenerla cerca y que le fuese más sencillo seducirla, pero, probablemente, lo había seducido ella a él. Y eso no había formado parte del plan.

–Ha sido estupendo –murmuró Mia, acariciándole el pecho con su cálido aliento.

–Sí.

Había sido mejor que estupendo, pensó él, frunciendo el ceño mientras su cerebro volvía a funcionar. Había pensado que su deseo se calmaría cuando consiguiese tener a Mia desnuda, pero su cuerpo seguía en alerta.

Hacía más de seis meses que no había estado con una mujer. No había tenido tiempo ni ganas. Entonces pensó que era eso, que había necesitado estar con una mujer.

La cuestión era por qué había sido el sexo tan increíble con ella. Dave necesitaba encontrar una respuesta. Había pasado más tiempo con Mia que con ninguna otra mujer en su vida. La conocía. Había hablado con ella. Había creado una conexión que siempre había intentado evitar con las mujeres, así que era normal que el sexo hubiese sido más… personal. Más… Más.

–¿Le quedará algo de tarta de chocolate a Delores? –preguntó ella.

Dave la miró y se echó a reír. Él pensando en volver a comérsela, y Mia pensando en el chocolate. Tenía que conseguir que cambiasen sus prioridades.

–Yo te puedo ofrecer algo mucho mejor –le sugirió.

–¿De verdad? –preguntó ella, acariciándole el pecho.

–Sí. Cuando haya terminado, ni siquiera te acordarás de lo que es el chocolate.

Se apretó contra su cuerpo y sintió que Mia se estremecía.

–Está bien… –susurró.

***

Un par de días después, Dave se estaba tomando un café y mirando por el ventanal de la cafetería, hacia la calle principal de Royal. Estaba cansado. Había dormido poco las últimas noches. Sonrió. Una vez que lo suyo con Mia había comenzado, ya no había nada que pudiese parar a ninguno de los dos.

Después de la primera noche juntos, Mia se había llevado sus cosas a la habitación principal y Dave tenía que admitir que le gustaba tenerla allí. Era extraño porque, hasta entonces, nunca había pasado una noche entera con una mujer. Siempre había tenido relaciones fáciles, sin complicaciones ni expectativas. Sin ataduras.

En aquella ocasión tampoco tenía por qué haberlas, aunque Dave sentía en ocasiones que se estaba implicando y no sabía cómo salir de una situación cada vez más complicada. Pensó que Mia había tenido razón.

El sexo lo había complicado todo, pero él no se arrepentía.

De hecho, solo lamentaba tener que dejar a Mia sola unos días. Iba a ir con un par de trabajadores al lugar en el que estaba el ganado e iban a acampar allí varios días.

Así que había ido a Royal a pedirle a Nathan Battle que vigilase el rancho en su ausencia.

No le preocupaba que la prensa se acercase a Mia, ya que seguiría habiendo trabajadores cerca de la casa, pero nunca estaba de más tomar todas las precauciones posibles.

Como de costumbre, la cafetería estaba llena por las mañanas. Oyó reírse a Amanda y a Pam y las conversaciones apagadas de otros vecinos del pueblo. El sol entraba por la ventana y, fuera, un conductor impaciente tocaba el claxon.

Vio acercarse a alguien por el rabillo del ojo y, esperando encontrarse con Nathan, giró la cabeza sonriendo, pero se quedó de piedra al ver a una mujer muy guapa.

–Buenos días –lo saludó ella–. ¿Se acuerda de mí? Soy Bailey Collins. Trabajo para la oficina del fiscal.

Él la miró fijamente. Tenía el pelo moreno, con mechas rojizas y unos intensos ojos marrones, pero, si estaba intentando acobardarlo con la mirada, se iba a llevar una desilusión.

Dave se puso de mal humor. Ya había hablado con la policía y con detectives privados de la desaparición de Alex, y las cosas no habían cambiado. Seguía sin saber nada de él. No podía ayudarlo. No tenía ni idea de lo que había pasado y, además, estaba empezando a no importarle. Aunque, si hubiese podido elegir, habría preferido que volviese, pero, sobre todo, lo que quería era que la gente lo dejase en paz.

–¿Qué quiere? –preguntó, a pesar de que ya conocía la respuesta.

Ella sonrió y sacudió la cabeza.

–Es encantador.

–No sabía que eso fuese importante.

–No lo es –admitió ella, encogiéndose de hombros.

–Entonces, dígame.

Dave no iba a jugar, no iba a fingir que era comprensivo cuando estaba a punto de agotársele la paciencia.

–Está bien. He venido a Royal a hacer mi trabajo, no a hacer amigos. Sé que ya hemos hablado y que es probable que esté cansado de responder preguntas, pero le prometo que esto será mucho más fácil para los dos si colabora conmigo.

–Eso ya lo he oído antes.

Ella sonrió.

–Mire, ¿por qué no me cuenta todo lo que sepa acerca de la desaparición de Alex Santiago?

–Estoy seguro de que ha leído todos los informes. Le contaré lo que sé y le diré que no he recordado nada nuevo –le dijo él, intentando no perder los nervios–. He hablado de todo con Nathan, con la policía federal. Con usted.

–Y ahora, conmigo otra vez.

Amanda se acercó a la mesa con una cafetera. Miró a Dave y después a Bailey.

–¿Más café?

–Sí, gracias –respondió él.

–Yo también, gracias –dijo Bailey.

Antes de marcharse, Amanda le dio una palmadita en la espalda a Dave.

–Tienes amigos en el pueblo.

–Supongo que sí.

Era curioso, porque no se había dado cuenta hasta entonces, pero tenía algunos buenos amigos en Royal. Y eso le gustaba, sobre todo, en esos momentos.

Bailey le echó leche y azúcar a su café, lo removió, dio un sorbo y dijo:

–¿Por qué no me cuenta otra vez todo lo que sabe?

–No me llevará mucho tiempo –le aseguró él.

Le contó la historia que había repetido innumerables veces y, cuando terminó, Bailey se limitó a mirarlo. Él pensó que debía de ser un truco que aprendían en la universidad.

Pero hacía mucho tiempo que él jugaba en la primera división. Cerraba acuerdos, negociaba contratos y si había aprendido algo había sido que, el que hablaba primero, perdía poder. Así que mantuvo la boca cerrada y esperó.

No tuvo que hacerlo mucho tiempo.

–Está bien, gracias. Le agradezco su tiempo –le dijo ella, levantándose.

–¿Ya está? –preguntó Dave sorprendido de que no le quisiese hacer más preguntas.

–¿Qué esperaba, que sacase un látigo? –le contestó ella sonriendo–. Ah, solo una cosa más. He oído que está prometido con el ama de llaves de Alex, Mia Hughes.

Dave se quedó inmóvil.

–¿Y?

–Nada –respondió ella, encogiéndose de hombros–. Que ha sido muy repentino, ¿no?

–Supongo que sí. ¿Algún problema?

Ella se quedó pensativa unos segundos.

–No. Mire, creo que estoy de acuerdo con el sheriff Battle. No es sospechoso, pero tengo que hablar con todas las personas que conocían a Alex. Tengo la esperanza de que alguien sepa algo que ni siquiera sea consciente de que sabe.

Dave asintió.

–Eso lo comprendo.

–Me alegro.

Bailey se giró y chocó contra Nathan Battle.

–Lo siento, sheriff, no te había visto.

–No pasa nada –respondió él–. ¿Interrumpo algo?

–No, ya hemos terminado. Gracias por su tiempo, señor Firestone.

Cuando se marchó, Nathan ocupó su sitio y le hizo un gesto a su mujer, Amanda, para pedirle una taza de café.

–¿De qué habéis hablado?

–De lo de siempre –respondió Dave–. Parece que estoy oficialmente descartado.

–Ya iba siendo hora –comentó Nathan, agarrando a su mujer por la cintura cuando se acercó a ponerle el café.

–Sí –admitió Dave, dándole un sorbo a su café.

Al día siguiente, Mia echó de menos a Dave. Se había marchado de madrugada con Mike Carter y varios trabajadores más, y verlo marchar la había dejado rota. No se había dado cuenta de cuánto había empezado a depender de él en los últimos días.

Se había acostumbrado a que Dave saliese a trabajar mientras ella se quedaba estudiando en la biblioteca para preparar los exámenes finales. Todavía tenía tiempo, pero no quería poner en riesgo su futuro. Comían juntos y ella lo ayudaba con la contabilidad del rancho y luego él la enseñaba a montar a caballo. Y un fin de semana la había llevado a San Antonio. Habían sido los días más románticos de toda su vida. Habían estado cariñosos, se habían reído juntos, y se habían sentido muy cómodos.

Pero Dave se había ido. Sin él, la casa parecía más grande y fría. Su olor todavía estaba en la habitación que compartían y Mia seguía esperando oír sus pasos en el suelo de madera.

Pero estaría fuera al menos dos días, así que Mia iba a tener que aceptarlo. De hecho, así practicaría para cuando se terminase el mes. Cuando volviese a vivir en casa de Alex, no volvería a ver a Dave. No dormiría entre sus brazos ni se despertaría con sus besos por las mañanas. Se le encogió el corazón de pensarlo y se dio cuenta de que, durante las últimas semanas, se había implicado mucho con Dave.

Siempre había querido sentirse tan querida y aceptada como se sentía en el rancho. Los trabajadores eran encantadores y Delores, el ama de llaves, prácticamente la había adoptado. Así que se sentía como en casa.

Había deseado tanto aquello que no le extrañaba haberlo aceptado sin más, pero había mucho más. Prefería no pensarlo, pero la triste realidad era que se estaba enamorando de Dave. Sabía que estaba predestinada a sufrir, pero no podía hacer nada al respecto. Y, tal vez, aunque hubiese podido hacerlo, no habría cambiado nada. Sabía que lo iba a pasar mal, pero la única manera de evitarlo era no sentir lo que Dave le hacía sentir. Y no habría renunciado a eso por nada del mundo.

Era extraño cómo todo su mundo había cambiado en tan poco tiempo. Solo unas semanas antes había estado casi convencida de que Dave no era de fiar, de que tenía algo que ver con la desaparición de Alex.

En esos momentos sabía que solo era culpable de haber hecho que se enamorase de él.

–Eso no es bueno –murmuró, cerrando el libro que tenía en el regazo.

Estaba hecha un ovillo en uno de los sillones de piel de la biblioteca. La chimenea estaba encendida y fuera estaba nublado y hacía frío.

La habitación era acogedora y cómoda, pero, sin Dave, estaba vacía.

Miró hacia el sofá donde solían sentarse juntos a hablar, reír, besarse. Suspiró y pensó en el poco tiempo que le quedaba con él. Dave iba a reunirse con el dueño de Tex-

Cat a la semana siguiente. Una vez hubiese conseguido lo que quería, su tiempo juntos se habría terminado. Y ella echaría mucho de menos estar allí. Lo echaría de menos a él.

Cuando el teléfono que había a su lado sonó, Mia respondió, aliviada por poder dejar de darle vueltas a todo aquello.

–¿Dígame?

–Hola, ¿puedo hablar con Dave? –preguntó una mujer en tono amable.

–No, va a estar un par de días fuera, con el ganado –respondió ella, preguntándose quién era la mujer y por qué querría hablar con Dave.

Aunque enseguida se dijo que no tenía por qué hacerse preguntas, ya que, en realidad, Dave y ella no eran pareja. No obstante, decidió meterse en su papel y añadió:

–Soy la prometida de Dave. ¿Quiere dejarle un mensaje?

–¿Su prometida? –repitió la mujer sorprendida–. ¡Eso es maravilloso! No, no quiero dejar ningún mensaje, gracias. Ya hablaré con él otro día. Ah, ¡enhorabuena!

–Gracias –respondió Mia, pero la otra mujer ya había colgado el teléfono.

La conversación le había parecido un poco extraña, pero dado que la mujer se había alegrado al oír que Dave estaba prometido, Mia se sintió mejor.

Aunque tuvo que reconocer que había sentido celos y eso era algo que debía evitar. Al fin y al cabo, cuando ya no estuviesen juntos, Dave saldría con otras mujeres.

Y, con el paso del tiempo, incluso se olvidaría de ella.

Cuando Dave volvió a casa dos días más tarde, estaba sucio, cansado y de muy mal humor. Y sabía muy bien cuál era el motivo de su mal humor.

Mia.

O, más bien, no haber estado con Mia.

En otras ocasiones había disfrutado pasando un par de días con sus hombres, en la naturaleza, pero en aquella ocasión solo había podido pensar en estar con ella.

Mia lo había sorprendido en todos los aspectos y había empezado a calarle hondo.

No obstante, él se recordó que solo estaba en su vida de manera temporal. No importaba que lo pasasen bien juntos. Que la necesitase más que respirar. Cuando firmase el contrato, cada uno seguiría su camino.

Era cierto que su relación se había complicado un poco más de lo que él había pensado, pero encontraría la manera de recuperar el equilibrio. Y, cuando lo hiciese, podría mantenerse alejado de Mia incluso haciendo el amor con ella.

Sí, tendría que hacer eso, pero no esa noche.

Esa noche quería darse una ducha y, después, a Mia.

Abrió la puerta de casa y entró, se quitó el sombrero y lo tiró en una silla cercana.

–¡Mia! ¡Ya estoy en casa!

Recorrió la entrada con la mirada y se preguntó dónde estaba Mia. Entonces oyó sus pasos, sonrió, se giró hacia ellos y se quedó de piedra.

–¿Mamá? ¿Qué estás haciendo aquí?

Detrás de su madre, más despacio, llegaba Mia. Sus miradas se encontraron y Dave vio preocupación en sus ojos, pero antes de que le diese tiempo a averiguar lo que estaba pasando, su madre empezó a hablar. Y, cuando Alice Firestone empezaba a hablar, no había nada que la detuviese.

–No me puedo creer que no me hayas hablado de Mia –le dijo, dándole una palmadita en la mejilla–. Tenías que habérmelo dicho. Habría venido antes.

Dave por fin consiguió hablar.

–¿Antes? ¿Cuánto tiempo llevas aquí, mamá?

–Llegó el mismo día que tú te fuiste –le contó Mia.

–Como es normal, tenía que venir a conocer a la que ya casi es mi hija –continuó diciendo Alice–. Así que llamé a Tobin, que me mandó su avión, y en un par de horas estaba aquí.

Él se maldijo. No había hablado acerca del contrato ni con su madre ni con su socio, y en esos momentos estaba pagando el precio. Hacía mucho tiempo que su madre quería que se casase y le diese nietos, así que no le iba a gustar saber que el compromiso no era real.

–Ah, Tobin me ha pedido que te diga que su esposa y él se alegran mucho de la noticia. Vendrán a conocer a Mia en cuanto regresen de Dakota del Norte.

«Estupendo», pensó él. Tendría que dar todavía más explicaciones.

–David, Mia y yo nos lo hemos pasado estupendamente estos días –le contó su madre–. ¡Es un encanto! ¿Sabías que quiere tener cuatro hijos? Oh, por supuesto que lo sabes. Seguro que ya tenéis los nombres elegidos.

«¿Cuatro hijos?». Dave fulminó a Mia con la mirada y ella se encogió de hombros.

–Quiero que sepáis que los nombres que elijáis me parecerán bien. ¡Voy a estar tan contenta de tener nietos...! David, esto es muy emocionante.

Antes de que le diese tiempo a responder, su madre se giró hacia Mia.

–Es que estaba muy preocupada por él, cielo. Odiaba pensar que se iba a quedar solo. Y, además, me sentía culpable, porque mi matrimonio no fue precisamente un buen ejemplo...

–No fue culpa tuya, mamá –la interrumpió Dave.

–Gracias, hijo, aunque los padres siempre se preocupan por sus hijos –le contestó ella, apartándole el pelo de la frente–. Y siguen preocupándose incluso cuando sus hijos son adultos. Y también les siguen queriendo, pero pronto os daréis cuenta de todo eso por vosotros mismos.

Dave sintió que se le hacía un nudo en la garganta, tuvo la sensación de que no podía respirar. Volvió a mirar a Mia y se dio cuenta de que esta también se sentía mal, se sentía culpable. Y él la entendía muy bien.

Se maldijo, solo había querido volver a casa, ducharse y tener sexo con ella. Y en esos momentos estaba bloqueado por culpa de su madre y de un montón de niños imaginarios.

–Mia y yo hemos estado hablando de la boda –volvió a decir su madre–. Ella insiste en que tú no vas a querer algo grande…

–Sí. Quiero decir, no.

–Mia te conoce muy bien –dijo Alice con los ojos brillantes–. ¿No es estupendo? Así que yo creo que lo mejor sería celebrar la boda aquí, en el rancho. Hay mucho espacio, y Delores podría preparar un buffet. Mia y yo podemos ir a comprar el vestido de novia…

Se interrumpió y miró a Mia.

–Lo siento, cariño, me he incluido sin preguntar, pero si no quieres que te acompañe…

–Sería estupendo, Alice –respondió ella, emocionada–. Me encantaría que me dieses tu opinión.

–Estupendo.

Alice volvió a mirar a su hijo y le dio un fuerte abrazo seguido de una palmada en el pecho.

–Siempre he querido una hija –añadió, emocionada–, y Mia y yo nos llevamos estupendamente.

Dave abrazó a su madre y lamentó tener que hacerla bajar de la nube.

–Mamá… –empezó, pero entonces miró a Mia, que estaba negando con la cabeza y haciendo aspavientos.

Él frunció el ceño, pero decidió hacerle caso. Hablaría con ella antes de contarle la verdad a su madre.

Al fin y al cabo, esa noche estaba demasiado cansado.

–Mamá, me alegra mucho que estés aquí, pero he pasado casi tres días en el campo y necesito darme una ducha.

Su madre retrocedió y arrugó la nariz.

–No había querido decirte nada.

–Gracias.

Luego Dave volvió a mirar a Mia y su madre se dio cuenta.

–Supongo que tenéis mucho de qué hablar –dijo sonriendo–. ¿Por qué no vais los dos arriba? Yo me iré a la casa de invitados.

Dave asintió. Se alegraba de ver a su madre, pero había llegado a casa pensando en hacer otra cosa. En esos momentos tenía la sensación de que Mia iba a querer que hablasen antes de nada.

Al ver que continuaba con la mirada clavada en Mia, su madre se echó a reír.

–Está bien, me voy. Disfrutad del reencuentro y hasta mañana por la mañana, ¿de acuerdo?

–Sí, mamá, muchas gracias –le respondió Dave, todavía mirando a la mujer que no conseguía sacar de su mente.

Mia se mordió el labio y el cuerpo de Dave reaccionó. Tal vez pudiesen dejar la conversación para más tarde.

Casi no se dio cuenta de que su madre se marchaba hasta que no oyó cerrarse la puerta. Mia y él siguieron mirándose en silencio, luego ella se acercó corriendo y Dave le abrió los brazos.

La apretó con fuerza, enterró el rostro en la curva de su cuello y aspiró el olor a limpio. Mia lo abrazó con las piernas por la cintura y se echó hacia atrás para mirarlo.

–Te he echado mucho de menos.

Él supo que se estaba metiendo en un terreno pantanoso, pero no retrocedió.

–Sí –admitió–. Yo también. Y hueles muy bien.

Mia sonrió y sacudió la cabeza.

–Siento no haber podido avisarte de que tu madre estaba aquí. He intentado llamarte al móvil, pero no funcionaba.

–No pasa nada. Hay poca cobertura. Supongo que a ti también te sorprendió mucho su llegada.

–Sí –contestó Mia, abrazándolo por el cuello–. Es estupenda, Dave. Tienes mucha suerte de tenerla.

–Sí, pero esto es un desastre.

Mia bajó los pies al suelo.

–Me ha traído un regalo –le contó.

–¿Qué? –preguntó Dave.

–Luego te lo enseño –le dijo ella suspirando–. Está arriba, en tu habitación.

–Justo a donde quería ir.

Dave puso un brazo alrededor de sus hombros y fueron hacia las escaleras.

No quería pensar que estando con Mia se sentía... completo. No quería reconocer lo que había sentido nada más verla.

Porque, si lo reconocía, ya no habría marcha atrás.

Capítulo Nueve

La habitación de Dave eran tan enorme como el resto de la casa y, cuando se había mudado allí, Mia se había sentido fuera de lugar. En esos momentos le parecía acogedora y llena de increíbles recuerdos de las noches que habían pasado juntos.

Él se quedó en el centro de la habitación y se quitó la camisa.

–Voy a darme una ducha y después podremos hablar –le dijo a Mia.

–De acuerdo –respondió ella, pensando que así tendría un par de minutos más para ordenar sus ideas.

Oyó correr el agua e, inmediatamente, se lo imaginó debajo del chorro y tuvo que tragar saliva. Dave había estado fuera varios días y ella lo había echado de menos. Había echado de menos sus caricias, su sabor, su olor. Y había echado de menos cómo la hacía sentirse. Así que sabía que la conversación que tenían pendiente podía esperar.

No quería desperdiciar ni un segundo

que pasase con él porque les quedaba poco tiempo juntos. No obstante, ya tendría tiempo entonces para sufrir.

Se quitó la ropa y entró desnuda al cuarto de baño, que casi parecía un balneario.

Vio a Dave en la enorme ducha, de espaldas a ella, y disfrutó de las vistas. Tenía el mejor trasero del mundo.

En silencio, entró en la ducha y lo abrazó por detrás, apretando los pechos contra su espalda.

Dave gimió, se giró y tomó su rostro con las manos.

–Podrías darme sorpresas como esta todos los días –susurró, inclinando la cabeza para besarla apasionadamente.

Ella dejó de pensar y notó que su cuerpo volvía a la vida.

–He pensado que ya hablaremos luego –admitió.

–Esa es mi chica –murmuró Dave sonriendo.

Mia deseó que fuese verdad. Deseó que pudiesen tener algo más que un contrato y la promesa de mentir a todo el mundo. Deseó que lo que sentían cuando estaban juntos fuese suficiente para mantenerlos unidos cuando se terminase el mes, pero no quiso engañarse. No iba a hacerse falsas esperanzas.

Así que intentó no pensar en nada y limitarse a sentir.

Todavía sonriendo, Dave tomó jabón, se frotó las manos y las pasó con cuidado por los pechos de Mia.

Ella suspiró y se tambaleó, notó calor entre las piernas y se acercó más a él, le acarició la espalda y el trasero.

–Me encanta acariciarte –le dijo él, dándole un beso en el cuello–. Y sabes muy bien.

Ella tembló mientras Dave la echaba hacia atrás para apoyarla en los azulejos de la pared.

–Apuesto a que todo tu cuerpo sabe bien –continuó él, bajando poco a poco por su piel.

–Dave…

El vaho los envolvió y Mia abrió los ojos y bajó la vista hacia donde Dave estaba arrodillado, delante de ella.

Le separó los muslos con las puntas de los dedos, la miró a los ojos y le acarició la parte más íntima de su cuerpo con el pulgar. Ella se estremeció de placer, gimió y separó las piernas para invitarlo a continuar. Dave siguió tocándola hasta que Mia pensó que se iba a desvanecer del placer.

–Por favor, Dave… No puedo…

–Sí, sí que puedes –murmuró él, echándose hacia delante para probarla con la lengua y acariciarla con los labios y los dientes.

Mia se apoyó en la pared con una mano y con la otra se aferró a la cabeza de Dave. Luego se dejó llevar por la sensación, cada vez más fuerte.

Cuando notó que iba a llegar al clímax volvió a mirarlo para grabarse aquel momento en la mente. Entonces Dave volvió a acariciarla con la lengua y ella explotó por dentro.

No se tenía de pie, así que Dave la ayudó a apoyarse en el asiento que había en un lateral de la ducha y luego se giró a cambiar la posición de los chorros de agua para que apuntasen justamente a donde ella estaba.

–No sé si sabes que todavía no hemos terminado –le dijo.

Ella lo miró y sonrió.

–Me alegra oírlo.

A él le gustó la respuesta. Mia era una mujer bella, sexy y siempre estaba dispuesta a recibirlo. Era su media naranja en muchos aspectos, si hubiese querido tener una relación.

Pero no quería tenerla. La gente se hacía promesas y después las rompía. Y él no quería participar en eso.

Por eso insistía en firmar un contrato siempre que podía. Eran más difíciles de romper.

Así que haría a Mia suya siempre que pudiese. Y le daría todo lo que tuviese.

Mientras estuviesen juntos.

Después, se terminaría.

Ella alargó la mano y le apartó el pelo mojado de la cara.

–¿En qué estás pensando? Pareces muy triste... de repente.

–En nada –mintió él–. Nada.

La respuesta no pareció convencerla, pero Dave supo cómo hacer que se le olvidase aquello. Salió un momento de la ducha para ponerse un preservativo y volvió con ella. Lo que vio entonces en sus ojos no fue preocupación, sino deseo.

La penetró e, inmediatamente, se sintió acogido por su calor. Mia lo abrazó y entre ambos se creó aquella extraña conexión que a Dave seguía dándole miedo.

Se movió en su interior hasta que ambos llegaron al clímax, casi a la vez. Y Dave sintió el placer, la emoción y, al mismo tiempo, la paz que solo sentía cuando estaba entre sus brazos.

***

Media hora después se habían secado y Mia se estaba poniendo unos pantalones vaqueros en la habitación de Dave.

–¿No prefieres ponerte solo un albornoz? Sería más fácil de quitar dentro de un rato.

Ella sonrió.

–La ropa no te va a detener. Considéralo un reto. Además, no me voy a poner a cocinar desnuda y tengo hambre.

Dave se echó a reír.

–Cómo no.

Mia se puso un jersey rojo oscuro y luego añadió:

–Y tenemos que hablar.

–De acuerdo. Antes de que vayamos a la cocina, ¿me quieres enseñar lo que te ha traído mi madre? –le preguntó él, poniéndose unos pantalones vaqueros directamente, sin molestarse en buscar ropa interior.

–Está en esa caja, junto al fuego –respondió ella, señalando con el dedo.

Dave vio la caja, la abrió y sacó un traje de bebé blanco, con puntillas.

–¿Qué…?

–Es el faldón que llevabas en tu bautizo.

–¿Un faldón? ¿Me pusieron un vestido? –dijo horrorizado.

Mia se echó a reír y sacudió la cabeza.

–¿Eso es lo que más te molesta?

–Por supuesto, los chicos no llevamos vestidos.

–No es un vestido, es un faldón.

–Para mí es lo mismo –comentó él, dejando la prenda otra vez en la caja y volviendo a taparla–. ¿Y por qué lo ha...? Oh, vaya.

–Exacto –dijo Mia, sentándose a los pies de la cama–. Me lo ha regalado para que lo utilice en el bautizo de nuestro bebé.

Dave recordó que su madre había mencionado que Mia quería tener cuatro hijos. Él pensó que en sus planes no entraba tener niños, pero no pudo evitar imaginarse a Mia embarazada, de un hijo suyo. A pesar del terror que le causó la idea, tuvo que admitir que estaría preciosa embarazada.

Pero no iba a haber bebés.

Volvió a mirar la caja y admitió:

–Se nos ha ido el tema de las manos.

–Sí.

–Tenías que haberme dejado que le dijese la verdad.

–Estaba tan feliz, Dave, tan emocionada. Tan contenta por ti, por nosotros –le dijo ella, suspirando–. No podíamos decírselo.

–Mia, tiene que saberlo.

A Dave tampoco le apetecía hablar con su madre, pero sabía que tendría que hacerlo.

–Por favor, no me dejes por mentirosa delante de ella.

–¿Por qué? Tú no eres una mentirosa.

–Por supuesto que sí, mientras ella me decía lo feliz que se sentía por tener una hija, yo no le he llevado la contraria. Y eso me convierte en una mentirosa.

–Mia…

Dave se acercó a ella, que se levantó de la cama y lo abrazó.

–Es que no quiero que piense nada malo de mí, ¿lo entiendes?

Lo miró e intentó explicarse mejor.

–Nunca he tenido madre. Se murió cuando yo era un bebé y siempre me he preguntado cómo habría sido mi vida si ella hubiese vivido. Si me hubiese enseñado a cocinar, si me hubiese llevado a comprar vestidos. Y todas esas pequeñas cosas que me he perdido.

Respiró hondo.

–Sé que parece una tontería, pero te prometo que, cuando Alice me ha tratado tan bien, no he podido decirle que nuestra relación es una farsa.

–Te entiendo. Y además sé lo difícil que es parar a mi madre cuando se le mete algo en la cabeza, estoy seguro de que no te habría dejado contarle la verdad ni aunque hubieses querido hacerlo.

Mia le sonrió.

–Tu madre es un encanto y tienes mucha suerte de tenerla. Y yo soy horrible por no querer decirle la verdad, pero es que está tan emocionada…

–No, tú no eres horrible, sino todo lo contrario, porque te estás preocupando por los sentimientos de mi madre.

–Sí. No quiero que piense que soy una mentirosa. No se lo cuentes, ¿de acuerdo? Espera a que pase el mes y a tener el contrato firmado, luego le diremos que hemos roto, pero no me odiará. No quiero que me odie, Dave.

En aquel momento, él le habría dado cualquier cosa, le habría prometido todo lo que Mia hubiese querido. Mia tenía los ojos azules húmedos de la emoción. No le había pedido nada desde que lo había conocido, así que aquella petición le parecía razonable.

–Está bien –respondió, abrazándola también–. No le diremos nada hasta que no sea necesario.

–Gracias.

–De nada. ¿Todavía tienes hambre?

–Qué pregunta.

Dave se echó a reír, la soltó y le dio una palmada en el trasero.

–¡Eh! ¿Por qué has hecho eso?

–Supongo que porque no me he podido resistir.

Dave se puso una camisa, tomó su mano y bajó con ella las escaleras.

–Esta va a ser la cena más rápida de la historia.

La risa de Mia los envolvió y, por un instante, a Dave no le preocupó que Mia lo hiciese tan feliz.

Mia recalentó el estofado que Delores les había dejado preparado y Dave consiguió hacer un pan de ajo. Dave se sintió tan bien con ella en la enorme cocina que el pecho se le volvió a encoger.

Después de cenar, Mia puso bizcocho y galletas en un plato para que Dave se lo llevase a su madre.

–Debe de estar a punto de acostarse –protestó él, ya que prefería volver a la cama con Mia que darse un paseo.

–No es tan mayor, Dave –comentó Mia riendo–. Y se ha tenido que marchar sin haber probado el bizcocho.

Él suspiró.

–Ahora vuelvo.

Fuera hacía frío, pero Dave salió descalzo

y se dirigió a la casa que había hecho construir especialmente para su madre.

Pensó que, cuando Mia se marchase, el rancho se iba a quedar muy vacío. Frunció el ceño. Ni siquiera se imaginaba durmiendo solo, lo que hizo que se diese cuenta de que la situación estaba evolucionando de una manera muy inesperada.

Todavía tenía el ceño fruncido cuando llamó a la puerta de casa de su madre y, sin esperar a que ella respondiese, la abrió. Se sintió morir al ver a Mike Carter en calzoncillos blancos, besando a su madre. Y se preguntó desde cuándo llevaba su madre camisones cortos y de tirantes.

–¿Qué demonios...?

La pareja se separó y Mike se giró hacia él y puso a su madre detrás, como para protegerla.

–Dave...

–¿Qué está pasando aquí? –inquirió él, y luego levantó una mano–. ¡No respondáis a eso!

Sabía muy bien lo que estaba pasando y no necesitaba que le diesen detalles.

Dave dejó el plato en la mesa más cercana y dio un paso hacia Mike, su amigo, su capataz, el hombre en el que más confiaba en el mundo, junto con Tobin.

–Mamá, márchate.

–No.

–Alice… –dijo Mike.

–No empieces tú también –contestó ella–. No voy a ir a esconderme como si fuese una adolescente a la que hubiesen sorprendido sus padres. David Trahern Firestone, recuerda quién es el padre y quién es el niño aquí.

–Yo no soy ningún niño –le espetó él–. Y quiero saber qué está haciendo Mike aquí… así.

–Ten cuidado con tu tono de voz, David, ¿lo has entendido?

–¡No! –gritó él–. No lo entiendo. De hecho, ¡creo que me va a dar un ataque!

–¡Venga ya! –dijo su madre, cruzándose de brazos y golpeando el suelo con la punta del pie.

Dave no podía pensar. No podía racionalizar lo que acababa de ver.

–¿Cómo? ¿Cuándo? –balbució.

–Dave, si pudiésemos hablar… –empezó Mike, tomando sus pantalones vaqueros para ponérselos.

Dave estaba tan furioso que casi no podía articular palabra, pero dijo:

–Lo único que te voy a decir es que estás despedido.

Su madre se acercó y le dio una bofetada. Dave la miró sorprendido.

–¿Por qué has hecho eso?

–Porque eres un tonto –le dijo ella, frunciendo el ceño–. No puedes despedir al hombre al que amo solo porque te sientas avergonzado.

–¿Avergonzado?

No se podía creer que su madre hubiese dicho que quería a un hombre. No lo podía asimilar.

–Alice…

–Cállate, Mike –dijeron Dave y su madre al unísono.

–Sí, te sientes avergonzado –continuó Alice–, pero soy una mujer adulta, y estoy segura de que, ahora que tú también estás enamorado, lo comprenderás…

Dave estaba tan enfadado que ni siquiera estaba escuchando lo que le decía su madre. ¿Desde cuándo se veía con Mike? ¿Y qué iba a hacer él al respecto? ¿Qué podía hacer?

–Por favor, mamá, déjame –le dijo.

–De acuerdo –replicó ella, tomando el plato de galletas–. Qué buena pinta tienen. Dale las gracias a Mia, porque estoy segura de que la idea ha sido suya.

Él se preguntó cómo era posible que allí el malo de la película fuese él. Miró fijamente a Mike, que tenía la barbilla levantada y los hombros muy rectos. Y se sintió como un idiota.

Todos eran adultos y él había entrado en la casa sin esperar a que le abriesen la puerta. Además, tenía que admitir que, si su madre tenía que enamorarse de alguien, al menos había elegido bien. No obstante, tenía que hablar con Mike.

–Quiero hablar contigo –murmuró, girándose hacia la puerta.

–Yo pienso… –empezó Alice.

–Alice, cielo, no te preocupes –le dijo Mike, dándole un beso en la frente antes de salir.

–Si lo despides, haré que te arrepientas –le advirtió a Dave su madre.

Él suspiró y salió a la calle seguido de Mike. Allí se giró y le dio un puñetazo a su capataz, que no levantó ni un dedo para defenderse.

–Supongo que tenías derecho a eso, dado que es tu madre, pero, si vuelves a pegarme, me defenderé.

–¿Desde cuándo dura esto? –inquirió Dave.

–Yo hace años que estoy enamorado de tu madre –admitió Mike–. Ella quería contártelo, pero yo no se lo permití.

–¿La estás utilizando?

–Tal vez te pegue aunque no lo hagas tú. La quiero. Y espero que, ahora que tienes a Mia, seas capaz de entenderlo. Si no, me marcharé del rancho, no tendrás que despedirme, pero quiero que sepas que no dejaré de ver a Alice.

Todo el mundo daba por hecho que, dado que tenía a Mia, entendía de amor, pero se equivocaban. No lo entendía. Otra cosa era la necesidad, que era limpia, sencilla.

No paraba de darle vueltas a la cabeza. Todo estaba cambiando tan deprisa que casi no podía seguir el ritmo. Su mundo siempre había sido limpio y ordenado. Siempre había tenido el control de su universo y no sabía qué era lo que había ido mal.

–Relájate –le dijo a Mike–. No estás despedido y no voy a volverte a pegar. A no ser que… la hagas llorar.

–De acuerdo.

–Siento haberte golpeado –se disculpó entonces–. Lo siento mucho. Es solo que hay cosas que no soporto ver.

Mike se echó a reír.

–Supongo que es eso. Quiero que sepas que casi he convencido a Alice para que se venga a vivir aquí de manera permanente, por si eso te hace sentir mejor.

–¿Sí? Pues, si estás pensando en venirte con ella, quiero que sepas que no lo permitiré... si no estáis casados.

–No te preocupes –respondió Mike sonriendo–. Ahora, tengo que volver con ella.

Dave lo vio marcharse y se estremeció.

–Desde luego, hay cosas que un hijo jamás debería saber.

De vuelta en casa, Mia vio cómo Dave iba y venía por la cocina, hablando más solo que con ella.

–No lo entiendo –murmuró–. ¿Amor? ¿Cómo puede estar enamorada? Quería a mi padre y él nos abandonó.

–Mike es un buen hombre –argumentó ella.

–Sí, pero eso tampoco garantiza nada.

–Nunca hay nada seguro –comentó Mia, girándose para mirarlo.

Dave estaba sacudiendo la cabeza, murmurando, con el ceño fruncido.

–Eso es. Si no hay nada seguro, ¿por qué arriesgarse? El amor no es más que una palabra. No significa nada.

–Lo significa todo –lo contradijo ella en voz baja, y sintió que se le encogía el corazón cuando Dave se giró y la fulminó con la mirada.

No sabía lo que él estaba pensando, pero tal vez fuese mejor.

–No –dijo Dave–, lo que tú y yo tenemos es más. El deseo es algo sencillo. No te destroza la vida ni te deja roto cuando se termina.

Mia se sintió como si le acabase de dar una bofetada. Dave creía todo lo que estaba diciendo. Y ella se dio cuenta de que jamás la querría. No pondría en riesgo su corazón.

Lo que significaba que, aunque todavía estuviese allí con él, lo suyo ya se había terminado.

Capítulo Diez

Thomas Buckley era un cretino.

El dueño de TexCat era de baja estatura, calvo y estaba muy bien alimentado. Tenía las mejillas rojas, los ojos azules penetrantes y una mentalidad digna de los años cincuenta.

–Un hombre de familia es un hombre de confianza –estaba diciendo Buckley, sentado frente a su escritorio, sonriendo–. Siempre he dicho que, si un hombre no puede comprometerse con una mujer, tampoco puede mantener su palabra en un acuerdo.

Dave llevaba más de una hora escuchándolo y no podía más, así que le preguntó:

–Entonces, ¿trato hecho?

–He enviado a mi hombre a ver tu ganado y me dice que es de lo mejor que ha visto en mucho tiempo –comentó Buckley.

–No me sorprende –admitió Dave–. Mi rancho es completamente orgánico, no damos pienso a los animales, los dejamos en libertad y no tenemos más cabezas de las que podemos mantener.

–Ya he leído todo eso en el informe. ¿Y dices que estás prometido y te vas a casar?

Dave apretó un instante los dientes.

–Sí. Mia está terminando los estudios de psicopedagogía.

–Bueno, eso está bien. Hasta que nazca vuestro primer hijo. Después, querrá quedarse en casa.

–Todavía tenemos tiempo para pensar en eso.

–Es verdad, es verdad –comentó Buckley, poniéndose recto y ofreciéndole la mano–. Entonces, trato hecho. Vamos a firmar los papeles.

Una hora después, Dave estaba de vuelta en Royal con su objetivo conseguido.

Ya solo le quedaba darle la buena noticia a Mia y terminar con su falso compromiso. Era extraño, pero no se alegraba. Así que en vez de ir directo a casa, fue a ver a Nathan Battle. Necesitaba hablar con un amigo.

–No sé dónde está el problema –le dijo Nathan, mientras servía café para ambos en su despacho.

–El problema está en que ya no necesito una prometida, pero no quiero terminar con Mia.

–Ah… Así que estás metido en un buen lío, ¿no?

–Por decirlo de algún modo, sí.

–No tienes por qué terminar con ella –le dijo Nathan.

–Ya lo había pensado…

–¿Y?

–No sé.

Se levantó y echó a andar de un lado a otro, dándole vueltas a la cabeza. Solo sabía que no quería perder a Mia. Todavía no.

Aunque tampoco tenía pensado tenerla siempre en su vida. Al fin y al cabo, habían firmado un contrato y ambos tenían que volver a sus anteriores vidas.

Pero él todavía no estaba preparado.

–Deja de pensar en lo que deberías hacer y dime qué quieres hacer –le sugirió Nathan.

Dave lo miró por encima del hombro.

–Lo que quiero es volver a casa y ver a Mia.

–Pues olvídate del resto por ahora.

–¿Así, sin más?

–¿Qué prisa tienes? Tú mismo has dicho que el contrato no expira hasta finales de mes.

–O hasta que yo firmase con TexCat.

–Pero puedes renegociarlo, ¿no? Date algo de tiempo hasta que sepas lo que quieres hacer. Dentro de un par de días es la fiesta de Halloween del Club de Ganaderos de Texas, espera por lo menos hasta entonces.

Él lo pensó y se dio cuenta de que Nathan tenía razón. Podía renegociar con Mia, no quería dejarla todavía.

–Dave, no siempre puedes tener la respuesta a todas las preguntas.

Él se echó a reír y se pasó una mano por el pelo.

–Hasta ahora, siempre la había tenido.

–Las cosas cambian. Confía en mí, lo sé mejor que nadie.

–Las cosas están cambiando demasiado últimamente –protestó Dave.

Nathan se echó a reír.

–Sí, ya me he enterado de lo de tu madre y Mike Carter.

–No me lo recuerdes.

Su madre estaba más feliz que en mucho tiempo y él se alegraba, pero no entendía cómo podía volver a confiar después de que su padre los hubiese abandonado.

¿Cómo podía dejar atrás el pasado y darle otra oportunidad al amor? Dave sacudió la cabeza y pensó que las mujeres eran mucho más fuertes que los hombres.

***

–Enhorabuena –le dijo Mia intentando parecer sincera.

–Gracias.

Dave sirvió dos copas de vino y ambos se sentaron en su lugar habitual en el sofá mientras él le hablaba de su acuerdo con TexCat.

Ella lo escuchó e intentó mostrarse contenta, aunque en realidad tenía un nudo en la garganta. Aquello se había terminado.

Ella volvería a casa de Alex y continuaría con su vida. El único problema era que no tenía una vida sin Dave.

–Me gustaría que te quedases –le dijo él entonces.

A ella se le encogió el corazón, lo miró a los ojos.

–¿Qué?

Él tomó su copa y dejó las dos encima de la mesa.

–Que quiero que te quedes...

Mia se sintió esperanzada.

–... hasta finales de mes.

Otra puñalada para su corazón.

–¿Por qué?

–¿Por qué no?

Mia sintió frío.

–Mira, Mia –le dijo él–, lo hemos pasado bien juntos, ¿verdad?

Lo habían pasado bien. Ella suspiró.

–Sí.

–Entonces, ¿por qué separarnos antes de tiempo?

Porque, si seguía con él, le dolería mucho más dejarlo. Y porque no podía estar con un hombre que no la quería.

Negó con la cabeza y dijo:

–No creo que sea buena idea.

–¿Se puede saber por qué no?

Ella sonrió. Dave no estaba acostumbrado a que no se hiciese lo que él quería.

–Porque ambos tenemos que volver a nuestras vidas. Yo tendré pronto los exámenes finales, y luego estaré muy ocupada buscando trabajo…

–Van a contratarte en el instituto de Royal –le aseguró él.

–No es seguro, así que tendré que mandar el currículum a otros centros de Midland y Houston también.

–No me lo habías contado –dijo Dave.

No, no lo había hecho porque no había querido darle vueltas al tema. No le apetecía marcharse de Royal, sobre todo, sin que Alex hubiese aparecido.

–El caso es que nuestro tiempo juntos se ha terminado –sentenció Mia.

–Quédate por lo menos hasta la fiesta de Halloween.

–¿Por qué?

–Porque te lo estoy pidiendo –murmuró Dave.

Y ella pensó que Dave nunca pedía nada. Solo ordenaba. O gruñía. Pero se lo estaba pidiendo y ella lo miró a los ojos y supo que no se podía marchar.

–Está bien, me quedaré.

Tres días después, Mia salió del rancho justo cuando una grúa se llevaba su coche, y entonces vio a Dave junto a un reluciente todoterreno nuevo.

Durante los últimos días, Dave había estado... diferente. Las cosas habían cambiado entre ellos, incluso sus encuentros nocturnos eran distintos. Era como un adiós prolongado que a ella la estaba destrozando por dentro.

Dave estaba... no frío, pero sí más distante de lo normal. Así que en vez de disfrutar de su última semana juntos, ambos estaban contenidos, protegiendo sus corazones. Ella sabía que tenía que haberse marchado, pero no había podido hacerlo. Aunque estar allí fuese doloroso, estar sin Dave sería aún peor.

Él se acercó a ella con paso decidido y,

cuando estuvo lo suficientemente cerca, Mia le preguntó:

–¿Quién se ha llevado mi coche? ¿Y por qué?

–Eso no es un coche. Es un desastre ambulante. Ayer te quedaste tirada en la cuneta cuando venías de casa de Alex.

–Solo necesitaba gasolina.

–No, necesitas un coche nuevo y aquí está.

–No me habrás comprado un coche –susurró Mia.

–Sí, aquí está.

–Esto no formaba parte de nuestro trato –le dijo ella.

–Bueno, pero yo he cambiado algunas cláusulas. Me dijiste que ibas a pedir trabajo en Houston y Midland, no puedo permitir que viajes en esa chatarra –sentenció Dave antes de darse la vuelta e ir hacia los establos.

–¡No hemos terminado de hablar! –le gritó ella.

Luego se acercó al todoterreno, abrió la puerta y miró dentro. El interior era de cuero azul marino y olía... Era la primera vez que Mia olía un coche nuevo.

Pasó una mano por los asientos y, de repente, se preguntó cómo sería conducir un coche así y no tener miedo a quedarse tirada en cualquier lugar.

Entonces frunció el ceño y retrocedió.

–¿No te parece precioso? –le preguntó Alice, acercándose.

Mia sonrió.

–Sí.

–Entonces, ¿por qué no estás contenta?

–Es estupendo, Alice, pero no puedo quedármelo.

–¿Por qué no?

–Es complicado –respondió ella, con la esperanza de que la madre de Dave se conformase con aquella explicación.

–Sé que David puede ser muy impulsivo. A mí también me compró un coche nuevo hace unas semanas, y sin avisar.

–Pero tú eres su madre.

–Y tú, su prometida –respondió ella–. ¿Es porque te lo ha comprado sin avisarte? ¿O que no te gusta el color?

Mia se echó a reír.

–No, el color es muy bonito. Y me encantan las sorpresas.

–Entonces, ¿por qué no te puede comprar un coche?

–Porque no vamos a casarnos –le contó ella sin pensarlo.

–Lo sé.

–¿Qué?

Alice sonrió y la agarró del brazo.

–Cielo, conozco a mi hijo mejor que nadie. No podía pasar de no querer casarse nunca a estar comprometido de la noche a la mañana.

–Alice, lo siento mucho... Yo no quería mentirte, pero tampoco quería que me odiaras y le pedí a Dave que no te lo contase, así que tampoco es culpa suya. Es todo muy complicado.

Alice le dio un abrazo.

–Las buenas historias siempre son complicadas. Ahora, ¿por qué no nos tomamos un té y unas galletas de Delores y me lo cuentas todo?

Mia asintió y le contó todo a Alice mientras tomaban el té. Cuando terminó, estaba agotada y tenía las mejillas llenas de lágrimas, pero se sentía mejor.

–Quieres a mi hijo, ¿verdad?

–Sí –respondió Mia–, pero eso no importa.

–Es lo único que importa –le dijo Alice–. David también te quiere a ti.

Mia se echó a reír.

–Te equivocas.

–A juzgar por el coche nuevo, yo diría que no.

–¿El coche?

–Es más que un coche, cariño –le explicó Alice–. Le preocupa que vayas en un coche que no sea seguro. No lo haría si no le importases.

–No sé…

–David es así, Mia. Desde niño, le ha costado la palabra «amor», pero eso no significa que no lo sienta.

Mia volvió a sentirse ligeramente esperanzada, pero prefirió no pensarlo demasiado para que no le rompiesen todavía más el corazón.

La fiesta de disfraces del Club de Ganaderos de Texas estaba siendo todo un éxito. Además de celebrar Halloween, se celebraba la apertura de la nueva guardería, que había sido motivo de muchas polémicas a lo largo de los últimos meses.

Mia había ido a verla y se había quedado impresionada con las instalaciones. También había conocido a Kiley Roberts, la directora del centro.

Después había vuelto al salón en el que se celebraba el baile y había visto a Dave en la barra, con Nathan Battle, riendo y charlando. Dave iba muy sexy, disfrazado de forajido del Viejo Oeste, todo de negro.

Dave se dio cuenta de que lo estaba mirando y fue hacia ella.

–¿Te he dicho ya que eres la chica de salón más guapa que he visto? Baila conmigo.

Ambos se habían disfrazado de la misma época y Mia llevaba un vestido de satén azul ribeteado de encaje negro y con la falda larga.

La tomó entre sus brazos y empezó a moverse al ritmo de la música. Mia apoyó la cabeza en su pecho y se dejó llevar. Fue un momento mágico, triste y especial al mismo tiempo. Habría querido que la música durase eternamente, pero sabía que no iba a ocurrir. La noche terminaría pronto y ella, como Cenicienta, tendría que volver a su realidad.

–Cásate conmigo, Mia –le susurró Dave.

Y el mundo se detuvo de repente.

Capítulo Once

–¿Qué?

Dave sonrió. La había pillado desprevenida, justo lo que había querido, para que no discutiese con él.

–Cásate conmigo –repitió.

–¿Quieres casarte?

–Por supuesto. Le he dado muchas vueltas y es la mejor solución.

–Pero… ¿me quieres? –le preguntó Mia, mirándolo a los ojos.

A él se le encogió el corazón, pero hizo caso omiso.

–¿Quién ha hablado de amor? Yo te estoy hablando de un contrato.

–¿Qué? ¿Un contrato prenupcial?

–No, un contrato en el que ambos prometeremos estar juntos, no divorciarnos, no marcharnos.

–Es una broma, ¿verdad?

Dave se había dado cuenta de que no podía perderla, y, sí, admitía que Mia le importaba, y mucho, pero no iba a hacerle una promesa que se pudiese romper con facilidad. El amor era demasiado… peligroso.

–Un contrato firmado es mucho mejor que una vaga promesa. Es un documento legal –insistió.

–Dave… un contrato no garantiza nada.

A su alrededor, todo Royal se estaba divirtiendo. Y, allí, en el centro del salón, Dave estaba empezando a sentirse como si estuviese perdiendo una guerra.

–No garantiza nada, pero es un comienzo. Quiero que te quedes conmigo, Mia, pero no puedo prometerte que vaya a quererte.

Ella alargó la mano y le tocó la mejilla.

–Pues eso es lo único que quiero. Porque yo a ti sí que te amo, Dave. No pretendía enamorarme, pero ha ocurrido.

La sensación que inundó a Dave fue increíble, pero él la rechazó. Hacía mucho tiempo que había aprendido que el amor era solo una palabra. Se puso tenso.

–Eso no entraba en nuestro acuerdo y no me interesa, Mia. Te lo dije desde el principio.

–Sí, es cierto, pero te quiero de todas maneras.

–Deja de decir eso –murmuró Dave–. La gente habla de amor con demasiada facilidad.

–Yo no –le aseguró ella–. Es la primera vez que lo hago.

–Mi madre creía en el amor. Y mi padre decía que la quería, que nos quería, pero se marchó y lo perdimos todo. Yo me convertí en el hombre de la casa con once años y a ella se le cayó el mundo encima por creer en el amor.

–Dave, todo eso es terrible, y lo siento…

–No quiero tu compasión.

–Es comprensión, no compasión. Y tu madre vuelve a estar enamorada. ¿Piensas que Mike le va a romper el corazón?

–Será mejor que no lo haga.

–No lo hará. Es un buen hombre y la quiere. Tu madre está dispuesta a arriesgarse, ¿por qué no lo haces tú también?

–Porque no puedo prometerte nada, Mia. Solo puedo ofrecerte un contrato. Por escrito.

Ella se quitó el anillo de compromiso que Dave le había regalado y se lo devolvió. Él se puso tenso, apretó los dientes y la vio marcharse sin más.

Había perdido.

Amanda y Nathan llevaron a Mia a casa de Alex sin hacerle preguntas y, en cuanto estuvo sola, dejó escapar todas las lágrimas que la estaban ahogando.

A la mañana siguiente se sentía fatal, pero

decidió que tenía que continuar con su vida. Miró por la ventana y vio que Dave había hecho que le llevasen el todoterreno nuevo.

En él estaban sus maletas, así que fue a buscarlas para ordenar sus cosas, y después salió a hacer la compra, puesto que ya no tenía a Delores para que la mimase.

En el pueblo, pasó por la cafetería para dar las gracias a Amanda por haberla llevado a casa la noche anterior y ella le contó que alguien había entrado en la guardería del club por la noche y lo había destrozado todo.

–¿Qué tal te encuentras esta mañana? –le preguntó su amiga.

–Mal –admitió Mia.

–Sí, ya me he dado cuenta de que no llevas el anillo…

–No, se lo devolví a Dave anoche.

–Lo siento, cariño.

–Yo también.

Su amiga le puso un café y la invitó a un bollo de canela.

–Lo superarás –le aseguró.

–Tengo que hacerlo –respondió ella.

Los siguientes días fueron muy duros.

Dave trabajó hasta el agotamiento, pero no consiguió dejar de pensar y pensar.

Pensó en Alex Santiago, en la guardería del Club, en TexCat y, por supuesto, en que había perdido a Mia.

Su madre llevaba dos días encima de él, diciéndole que hiciese lo correcto con respecto a Mia.

Esa noche, mientras cenaban, Alice volvió al ataque:

–Tu problema es que estás enamorado, pero te da miedo admitirlo –le dijo.

–No tengo miedo a nada –respondió él, preguntándose en silencio si su madre tenía razón.

–Por supuesto que sí –insistió ella–. Cuando tu padre se marchó, te encerraste en ti mismo.

–Mamá…

–No, escúchame. Quisiste protegerte. Eras un niño pequeño que estaba sufriendo y no sabía qué hacer, pero no puedes seguir encerrado en ti mismo toda la vida. No puedes permitir que lo que hizo tu padre influya en las decisiones que tú tomas ahora.

–Siento llegar tarde –dijo Mike desde la puerta.

Alice le dio una palmadita en la mano a Dave y se levantó a darle un beso y un abrazo a Mike.

–Dave, ¿estás bien? –le preguntó su capataz.

–Sí, claro, estoy bien. O lo estaré –respondió él.

A la noche siguiente, cuando sonó el timbre, Mia se levantó de delante del ordenador y tomó la cesta de caramelos que había preparado para la noche de Halloween.

Abrió la puerta y se quedó de piedra.

–¿Dave? ¿Qué estás haciendo aquí? Le dije al guardia que no te dejase pasar.

–Ah, entonces por eso he tenido que darle cincuenta dólares en vez de los veinte habituales.

Dave sonrió y se apoyó en el marco de la puerta.

–Déjame pasar, Mia. Por favor.

Sorprendida de que supiese aquellas dos palabras, Mia se apartó.

–¿Qué quieres, Dave?

Él se quitó el sombrero y lo tiró al sofá que tenía detrás.

–Me va a llevar un rato.

Mia pensó que estaba muy guapo y deseó volver a besarlo, perderse en él. Se había sentido tan sola en los últimos días que casi estaba dispuesta a aceptar su estúpido contrato.

–¡Truco o trato!

Mia se sobresaltó y volvió a mirar hacia la puerta, donde había una bailarina y un soldado, y les ofreció caramelos. Los niños se marcharon con sus padres, que los estaban esperando en la acera, y ella los despidió con la mano.

–Bueno, Dave, ¿qué quieres?

–Quiero que te cases conmigo.

–No me puedo creer que hayas venido hasta aquí para volver a ofrecerme otra vez el contrato –le dijo ella, decepcionada–. No me interesa.

–Yo no he hablado de ningún contrato.

Mia lo miró y esperó.

Dave clavó la vista en sus ojos azules y empezó a hablar.

–Mia, estos últimos días sin ti, me he sentido como si el lugar en el que había estado mi corazón, estuviese vacío…

Le había ayudado hablar con su madre, pero, sobre todo, al sentirse tan solo se había dado cuenta de que la vida sin Mia no merecía la pena. La quería y tenía que decírselo, no había nada de malo en ello.

Se metió la mano en el bolsillo y sacó una pequeña caja con un anillo.

Ella negó con la cabeza.

–No voy a volver a aceptar ese anillo, Dave.

–No espero que lo hagas –comentó él, haciendo una mueca–. Era demasiado grande y ostentoso. En esta ocasión te he traído un anillo que significa algo.

Abrió la caja, en la que había un anillo más pequeño que el anterior, más sencillo.

–Es precioso –dijo Mia.

–En cuanto lo vi, supe que era para ti.

–Dave…

–El anterior anillo era para que todo el mundo supiese que eras mía, pero este es diferente. Este simboliza que mi corazón te pertenece.

Mia se llevó la mano a los labios y notó que le corrían las lágrimas por las mejillas.

–No sé qué decir –balbució, emocionada.

–Todavía, nada –le dijo él–. No he terminado de hablar…

–¡Truco o trato!

Dave se echó a reír, era el momento más importante de su vida y lo interrumpía un grupo de niños pidiendo caramelos.

–No puedo abrir la puerta llorando, asustaría a los niños –dijo Mia.

Dave se hizo cargo de la situación y luego cerró la puerta y volvió a acercarse a ella.

–He estado pensando mucho y me he dado cuenta de que un contrato es tan fácil de romper como una promesa –empezó–, es mucho más válida una promesa realizada por dos personas que cumplen sus promesas, ¿verdad?

–Sí.

–Bueno, pues yo siempre cumplo mis promesas. Y quiero prometerte que siempre te querré…

Mia dio un grito ahogado y se llevó una mano al corazón.

–No llores más, Mia, me estás haciendo sentir fatal –le pidió él.

–Dave…

–Ya no me da miedo decirlo. Siempre pensé que, si no lo decía, no me arriesgaba, pero, si no lo decía, iba a perderlo todo. Y ya sabes que no me gusta perder.

–Sí…

–Así que prometo amarte toda la vida, Mia. Quiero casarme contigo y tener hijos que lleven ese faldón que mi madre te ha regalado. Bueno, los chicos, no.

Mia se echó a reír y asintió.

–De acuerdo.

–Entonces, cásate conmigo. Lleva mi anillo. Y que todo el mundo sepa que mi corazón es tuyo.

–Sí, Dave, me casaré contigo.

Él sacó el anillo de la caja y se lo puso. Luego le dio un beso y miró a Mia a los ojos.

–Y ven a casa conmigo.

–En cuanto se acaben los caramelos.

Dave sonrió.

–Dime que me quieres.

–Te quiero mucho.

–Prométeme que siempre me querrás –le pidió Dave en un susurro.

–Te prometo que te amaré siempre, Dave Firestone –le dijo ella de todo corazón.

–Eso es lo que necesitaba –respondió él antes de besarla.

Mia lo abrazó y Dave sintió que su mundo volvía a estar en equilibrio.

Entonces volvió a sonar el timbre y, riendo, ambos dieron caramelos a los niños, juntos.

No te pierdas *Escuchando al corazón,*
de Jules Bennett, el próximo libro de la serie
CATTLEMAN'S CLUB: DESAPARECIDO.
Aquí tienes un adelanto...

Veinte años antes

Piper Kindred estaba harta de que la despreciasen chicas que pensaban que solo merecía la pena hablar del color de su brillo de labios y de dónde se compraban la ropa. Y también estaba harta de que los chicos, que no sabían cómo tratarla y por eso no le hacían caso, le faltasen al respeto.

Llevaba dos días soportando burlas en los recreos y aquel no iba a ser distinto.

–Mira qué cinturón lleva.

–¿Y cómo se puede llamar Piper? ¿Qué nombre es ese?

–¿Has visto su pelo? Parece un payaso.

No era la primera vez que se metían con su pelo y su ropa. Le gustaba la franela y las botas, al fin y al cabo, era hija de Walker Kindred. ¿Es que nadie sabía que era toda una leyenda? Qué tontos. Ni siquiera sabían que su padre era famoso.

¿Y por qué no se olvidaban de su pelo? Aunque fuese naranja y rizado, no tenían por qué reírse de él. A ella le gustaba ser diferente a todas las demás.

–No les hagas caso.

Piper se giró y vio a un chico que le sacaba por lo menos una cabeza. Tenía el pelo moreno y despeinado y los ojos azules más brillantes que había visto nunca. E iba vestido con una camisa de franela. Era evidente que eran los dos únicos niños que merecían la pena del colegio.

–No les hago caso –le respondió, levantando la barbilla de manera desafiante–. Ni me importan esos niños asquerosos, ni este tonto colegio.

Él se echó a reír.

–Soy Ryan Grant. He pensado que a lo mejor estabas cansada de jugar sola y querías un amigo.

–Pues no. Esos perdedores no tienen idea de lo increíble que es mi cinturón –dijo Piper–. Me lo regaló mi padre después de ganar el título de la PRCA el año pasado.

–¿Tu padre ha ganado el título de la PRCA? –le preguntó el chico, sorprendido.

–Sí.

–No hace falta que mientas para hacer amigos.

Piper puso los brazos en jarras y fulminó con la mirada a aquel niño tan pesado.

–No tengo que mentir porque mi padre es el mejor del mundo. No hay un potro salvaje que no pueda montar.

–¿Cómo se llama tu padre? –le preguntó Ryan con escepticismo.

–Walker Kindred.

Ryan se echó a reír.

–Es mentira.

–Me da igual lo que pienses. Yo me llamo Piper Kindred y Walker es mi padre. Y estoy segura de que tú no sabes nada de rodeos. Es probable que ni siquiera sepas lo que quiere decir PRCA.

–Asociación de Vaqueros de Rodeo Profesional –contestó él rápidamente–. Y conozco a Walker Kindred.

–Entonces, ¿por qué dices que estoy mintiendo?

–Porque... eres una chica. Y nunca he conocido a ninguna chica que sepa de rodeos.

Ella se preguntó por qué los niños eran tan tontos.

Suspiró y deseó que se terminase el recreo para poder volver a clase y concentrarse en su trabajo, y para que el día se terminase cuanto antes.

–Da igual –comentó–. Si vas a ser igual de estúpido que el resto, no me importa lo que pienses.